CRÉATION DE MUTANTS

CRÉATION DE MUTANTS

ALDIVAN TORRES

Canary Of Joy

CONTENTS

1 1

CHAPTER 1

« Création des mutants »
Aldivan Torres
Création de mutants

Par : Aldivan Torres
©2020-Aldivan Torres
Tous droits réservés

Ce livre, y compris toutes ses parties, est protégé par le droit d'auteur et ne peut être reproduit sans l'autorisation de l'auteur, revendu ou téléchargé.

Aldivan Torres est psychologue, médecin et scénariste. Fan de la littérature et de la science-fiction, il entend révolutionner la littérature. La gloire littéraire n'est pas tout, ce qui compte c'est le message.

Contenu du livre
2.26-Résultats
2.27-Réunion
2.28-Huitième étape
2.29-Douleur
2.30-Réveille-toi et enterre
2.31-Restart
2.32-Manipulation des énergies
2.33-Je me connais mieux
2.34- Contact après la mort

2.35-Cultivant feu d'amitié

2.36-Proposition

2.37-Récession scolaire

2.38-Retour aux cours et surprise

2.39 Révélation imprévue

2.40-Une nouvelle réunion

2.41-Début de l'opération

2.42-Réunion

2.43-Rebond et réaction

2.44-L'idée

2.45-Le jour

2.46-Le rituel

2.47-Le deuxième tour

2.48-La naissance d'un autre enfant

2.49-La période de deux ans et demi

2.50-Engagement

2.51-La dernière tentative

2.52-Mariage

2.53-Changement

2.54-Inauguration

2.26-Résultats

Un chef aidé par ses disciples a mis en pratique son plan. Ils ont répandu l'annonce qui visait à trouver quelqu'un spécial dans les points stratégiques de la région de pêche. Ils ont attendu un moment pour obtenir des résultats.

Un jour, l'annonce attirait l'attention d'un jeune homme noir nommé Romão Cardoso qui traversait la place Dom José Lopes, située dans le centre-ville de Pesqueira. Il en avait assez de temps et d'intérêt à lire le contenu en entier, et il a été décidé d'aller à l'adresse indiquée. Après tout, il aimait les aventures, rencontrant de nouveaux gens, et il pensait qu'il était spécial et unique dans l'univers.

Avant de partir, cependant, il décida de faire une promenade rapide dans sa maison (située à proximité) pour tout mettre en ordre et se préparer à cette rencontre qui promettait de grandes émotions ou même de changer de vie. Alors, il l'a fait.

En passant du centre pendant vingt minutes au nord, en marche rapide, arrive à son humble foyer. Frappe à la porte et attends un moment jusqu'à ce que ta mère réponde. Les deux se saluent et entrent dans l'enceinte. Romão vous prévient de partir et prendra un moment. Il l'a fait parce qu'il ne voulait pas l'inquiéter. En plus d'être un vieillard, elle avait un problème de nerf.

Clarice Cardoso (La mère) comprend et dit qu'elle l'attend au moins pour dîner. Le fils s'engage et commence à se préparer à la sortie. Il passe environ quarante minutes entre le bain, le snack, le sac à dos et à l'adieu. À la fin, il sort rapidement de la porte d'entrée.

Dehors, la résidence du voisin se dirige. Ce n'est que quelques pas avant d'être enfin devant elle. Après un long soupir, essayez de frapper à la porte. Tu entends du bruit de pas. C'est réglé. Empruntez un cheval. Depuis que j'ai une amitié, ils libèrent un animal pour ça. Tout ce que tu as à faire c'est de l'obtenir par derrière la maison. Quand vous le trouvez, vous montez et commencez le chemin. Il y aurait une vingtaine de kilomètres entourés d'attentes. A l'époque, la curiosité était grande à propos d'Angel et de ses disciples. Qu'est-ce qui allait arriver ? Continue, lecteurs.

Suivant les indications de la publicité et, selon son expérience, quitte l'axe urbain. Prenez la route principale et montez la chaîne de montagne Ororubá. Ce qui l'a déplacé, c'est son lieu d'apprentissage, ses valeurs intérieures et son esprit guerrier. Même face à des obstacles, il est resté dans la bataille. Cette détermination lui a permis de réussir dans tous ses projets. Un exemple de cela est la montée complète de la montagne référée. En haut, il décide de changer la stratégie. Au bon moment, il s'assoit et attache le cheval. Puis il utilise son pouvoir comme mutant pour atteindre rapidement le but. Comme il a été développé, il vole facilement sur un dôme énergétique qui l'a rendu invisible.

Profitez de la tournée pour profiter du beau paysage et de l'air frais malgré la vitesse. Il est si charmé qu'il décide d'atterrir sur un arbre. Reposez-vous et mangez des fruits parce qu'il était fruité. Dans cet intervalle, il pense à toutes ses aventures dans ses vingt ans de vie bien vécues. Il avait eu des déceptions, des moments de bonheur, des conquêtes, des échecs, et aujourd'hui sa vie était stagnante. Il serait temps de changer ? Qui sait que cette réunion ne serait pas décisive pour vos revendications ? En particulier, il a lutté pour se cacher, mais qui a été récemment découvert par sa mère.

C'est surtout pour lui qu'il avait décidé de rencontrer des étrangers à distance considérable. Pendant son existence, il avait beaucoup souffert pour le malentendu des autres et voulait y mettre un terme ou au moins comprendre pourquoi tout. Ce serait au moins une tentative et je n'avais rien à perdre.

Après avoir mangé et déjà récupéré, il revient à voler avec l'article précédent en tête. Il surmonte des sentiers inconnus avec une bonne vitesse arrivant peu après le kilomètre 10. Il y avait encore environ la moitié du chemin à parcourir.

Dès la seconde partie du voyage, il se sent confus par d'innombrables sentiments qui insistent pour le tourmenter. Parmi ceux-ci, les plus forts et les plus évidents sont : l'insécurité et la peur contrastent avec leur curiosité et leur peur. C'est décidé ! Même risquant de lui casser le visage, il passerait à autre chose. Si c'était une erreur, je serais prêt à prendre les conséquences.

Avec cette résolution, oubliez un instant les inquiétudes. Il rassemble ensuite ses énergies restantes, augmente la vitesse et arrive dans les trois quarts du cours. Chaque instant s'est rapproché d'une nouvelle expérience qui promettait d'être intéressante.

Quand il arrive au kilomètre 17, il décide de se poser et de poursuivre le voyage à pied. Après tout, tout s'en est occupé parce qu'il approchait déjà les premiers logements. Face aux adversités communes à cette région, elle progresse de plus en plus et en environ quarante-cinq minutes complètent les trois kilomètres. Il est actuellement très proche de l'adresse indiquée.

Je me suis enfoncé pour un peu. Pensez aux prochains événements qui planifient tout mentalement. Avec tout ce qui est défini, reprend la marche. Dans quelques instants, c'est déjà près de la porte. Respire un peu, frappe fermement, crie et attends.

En quelques secondes, il est assisté par la mère d'Angel (La demoiselle Marie da Conceição) qui commence une conversation.

« Bonjour, comment vous appelez-vous ? D'où viens-tu, et que veux-tu ?

« Je m'appelle Romão, et je viens de Pesqueira. Je veux parler à Angel qui habite ici.

« Oui, c'est mon fils. Qu'est-ce qui ne va pas, puis-je demander ? (Marie da Conceição)

« Je suis désolé, je ne peux pas révéler. Seulement avec lui. (Romão)

« Tout va bien. Mon fils est dans sa chambre. Vous pouvez entrer. (Marie da Conceição)

« Merci, merci. (Romão)

Immédiatement, les deux entrent dans la résidence en maçonnerie, la seule dans la région. Marie l'amène à la pièce et les laisse tranquilles. Dans la pièce, les deux se saluent et se font. Dès lors, le destin parlerait plus fort. Angel prend l'initiative.

« Quelle est la raison de votre venue, Romão ?

« C'est à propos de l'annonce. J'ai lu son contenu et je me suis intéressé. Que cherchez-vous exactement ?

« Voici ce que j'ai fondé un groupe de mutants avec mes compagnons Angel et Raphael, avec l'objectif principal de s'entraider dans l'évolution et la compréhension de nos dons. En plus, j'ai d'autres fins altruistes en tête. Nous avons cependant besoin de plus de soutien, et nous recherchons des personnes spéciales qui vont s'ajouter et contribuer à notre monde. Pensez-vous qu'elle correspond à la description ? (Angel)

« Eh bien, je me considère comme spécial. Je suis quelqu'un de bien et j'ai aussi un cadeau. J'ai juste besoin d'une chance de montrer mes compétences et mes services. (Romão)

« Quel âge avez-vous et quel genre de cadeau avez-vous ? (Angel)

« J'ai vingt ans. J'ai du pouvoir sur les matériaux, les attirer et les manipuler. Après beaucoup d'entraînement, je pouvais rassembler mes énergies et les utiliser le cas échéant. (Romão)

« C'est intéressant. Félicitations. Comment gérez-vous cette immense puissance ? Avez-vous déjà blessé quelqu'un ? (Angel)

« J'essaie d'être aussi discret que possible. Ma mère est la seule à m'avoir trouvé. Je ne l'ai jamais utilisé pour blesser quelqu'un. (Romão)

« D'accord. J'ai aimé. Voulez-vous être commandé ou aspirez-vous au pouvoir ? (Angel)

« Mon garçon, je pense que dans une équipe, tout le monde devrait s'entraider et se respecter mutuellement. Personne n'est meilleur que personne, quel que soit le genre de cadeau. (Romão)

« D'accord. Je suis satisfait. Cependant, je laisserai la décision de votre entrée ou non dans le groupe pour la prochaine réunion. Si vous voulez participer à vos lettres de créance, vous êtes les bienvenus. Nous nous retrouverons au bar de pêche près du lycée du quartier Prado. Il sera dans trois jours à partir de 12 heures. Ça va ? (Angel)

« C'est vrai, c'est vrai. Compris. (Romão)

« Tu veux quelque chose ? De l'eau, du café, du thé ? (Angel)

« Une eau, s'il vous plaît. J'en ai fini avec le voyage. (Romão)

En tant qu'hôte, Angel se lève et se dirige vers la cuisine. Avec une pensée distraite, il atteint l'enceinte en quelques pas. Il s'approcha du pot et prend une canne d'eau pleine. Immédiatement, il fait son chemin et avec quelques pas de plus sont déjà à nouveau dans la pièce livrant le précieux liquide au visiteur. C'est tout. A la fin, il remercie, dit au revoir et se dirige vers sa sortie. Dans les prochains jours, tu saurais quel destin t'avait préparé.

Alors que celui-ci n'est pas arrivé, il passe par la porte et commence à faire le voyage. Il suivrait les mêmes étapes et précautions d'aller avec une différence d'esprit seulement : il sentit plus d'espoir sur l'avenir à l'époque. Votre intuition, non ? Assurez-vous de suivre, lecteur.

Dès que vous vous éloignez de la demeure, vous utilisez encore le dôme d'énergie volant rapidement. Maintenant tout ce qui restait à attendre la réunion bénie. Analysant les résultats de la première réunion, il avait montré une certaine personnalité des deux. Cela suffit pour créer une empathie initiale entre eux. Je ne savais pas si ça vous permettait d'entrer dans le groupe. Je devais penser positif.

Le voyage va où se trouve le cheval. Le mutant le sauve en poursuivant le voyage. Il ferait face aux mêmes obstacles à la préparation de sa part. J'espérais enfin conclure en paix. Avec un effort plus important, vos souhaits sont satisfaits. Le chemin de retour est terminé sans problèmes majeurs. Rends le cheval à la voisine. Il rentre chez lui vers 12 h. Tu as encore le temps de déjeuner avec ta chère mère. Malgré son autoprotection exagérée, il ne saurait pas vivre sans elle.

Après le déjeuner, il fera ses corvées au centre où il travailla comme serveur. Bien que dur, c'est ce qui lui a garanti son existence. Normalement, je reviendrais la nuit pour me doucher et dîner. Je dormirais tôt à cause des engagements épuisants de la journée.

À propos de l'invitation d'Angel, je pense à cette affaire une autre fois. L'important, c'est que j'avais fait le premier pas.

2.27-*Réunion*

Les trois jours qui séparent la réunion de Romão et d'Angel et la date fixée pour la réunion passent rapidement. Le jour convenu, Angel et ses disciples accomplissent leur routine normale : préparations de départ, arrivée à l'école, classes-ruptures, remplissage toute la matinée.

À la fin du travail, le groupe est à la sortie. Le chef appelle tout le monde. En bref, ils ont les détails de la réunion. Comme prévu, ils se rendent immédiatement au bar indiquaient pour résoudre les problèmes plus en attente, y compris celui du prétendant le nouveau à Romão Cardoso.

En route, le silence prédomine à presque chaque instant. L'exception lorsqu'un rire se produit, le bruit des animaux et du transport, et les avertissements. Serait-ce un bon précurseur ? Bientôt, ils le sauront.

Après dix minutes de marche vigoureuse, ils arrivent finement à l'enceinte. Sans beaucoup de cérémonie, ils y entrent. À la surprise d'Angel,

Romão était déjà présent et le premier avec l'autre le gardera compagnie à la table respective. La conversation est alors commencée.

« Mes disciples, ici Romão Cardoso. Comme je vous l'ai dit, vous êtes la personne qui veut rejoindre notre groupe. (Angel)

« Enchanté, Romão, je m'appelle Raphaël. Fais comme chez toi.

« Je suis le frère de Raphaël. Je m'appelle Victor.

« Je suis Marcela, et je suis camarade de classe de l'autre.

« Je suis Pénélope. De plus, nouveau.

« Enchanté de vous rencontrer tous. Que voulez-vous savoir sur moi ? (Romão)

« Je n'en particulier pas grand-chose. Sachez juste si vous avez le même esprit de combat et des objectifs communs avec nous. Qu'est-ce que tu fais ? (Victor)

« Eh bien, Angel a déjà parlé de l'équipe. Je veux ajouter et contribuer de toutes les manières. En plus, l'apprentissage aussi. (Romão)

« Comment est ton caractère ? (Raphaël)

« Normal. Cependant, un peu explosif. J'essaie de m'améliorer dans cette direction. (Romão)

« Marié ? Un seul ? (Marcela)

« Single, je vis avec ma mère. Je m'occupe de la maison, mon monde, et j'aide toujours le monde. (Romão)

« D'accord. Quel est votre pouvoir ? (Pénélope)

« Il est lié aux matériaux. Je les manipule facilement, surtout les métaux. (Romão)

« C'est génial. Je suis médium, avec intuition et mentalité développée. Quelles sont vos faiblesses ou vos limites ? (Victor)

« Relate les limites, seulement celles de l'imagination. Mais je dois mieux gérer ça. Sur les faiblesses, mieux ne pas savoir. (Rires, Romão)

« Vous travaillez ? Des études ? (Raphaël)

« Je travaille. Je suis serveur. (Romão)

« Quelqu'un sait pour vous ? (Pénélope)

« Juste ma mère. Au début, elle était surprise, mais au fur et à mesure que le temps passait, elle comprenait. Maman est une mère. (Romão)

« Je te comprends. J'y suis allé aussi. Aujourd'hui, je suis accepté. Dites-nous : avez-vous beaucoup d'amis ? (Marcela)

« Non. Seuls collègues. Je suis réservé. (Romão)

« Eh bien, les gars, je pense que ça suffit. Il est d'accord avec moi. Qu'en dis-tu ? (Angel)

« Très approuvé. (Victor)

« Idem. (Raphaël)

« Eh bien aussi. (Pénélope)

« Bienvenue, bienvenue. (Marcela)

« Merci à tous. Je ne sais pas comment te remercier. (Romão)

Les larmes insistantes commencèrent à flotter sur la face souffrante de ce jeune homme. J'ai finalement accepté après tant de refus que j'avais souffert dans la vie. L'émotion prend le relais. Les autres s'approchent, lui font un câlin qui devint un enfant de six ans. Ils restent quelques instants dans ce spectacle d'affection.

A la fin, ils retournent à leur siège. Ils demandent à l'assistant qui est passé pour un snack rapide. Avec votre séparation, ils attendent encore un moment. Quand ils sont servis, ils se nourrissent, s'hydratent, transmettent la date de la prochaine réunion au débutant et se disent enfin au revoir. Ils retourneraient ensuite chez eux et accompliraient leurs tâches exceptionnelles. Maintenant, le succès et l'accomplissement étaient entre leurs mains et leur destin. Que se passerait-il ? Continue, lecteurs.

2.28-Huitième étape

Quelques jours passent et exactement à la date marquée pour la huitième étape du traitement spirituel des disciples de Maître Angel. Comme convenu, tout le monde devrait être présent au moins à huit heures du matin à l'endroit habituel.

Pour respecter strictement cela, les résidents de Pesqueira se réveillent à cinq heures du matin. Ils se baignent, mangent le petit-déjeuner et se préparent. Quand ils sont prêts, ils se rassemblent et partent sur la tendre des animaux. Parmi eux, Cardoso, le Newman, qui, parce qu'il était sa première fois, était agité, anxieux et nerveux. Son angoisse ne passerait probablement qu'à son intégration dans l'équipe.

Le voyage des trois mutants se déroule dans la portée normale dans toutes les parties. Ils arrivent à leur destination finale quinze minutes à l'avance. Par ailleurs, ils trouvent les autres membres qui arrivent, Victor et Raphaël. Tout le monde se salue, frappe à la porte, crie et se prend soin de quelques instants plus tard. Cette fois, le destinataire d'eux est Geraldo, le père d'Angel.

Avec la cordialité, Geraldo les accueille, ouvre la porte et les invite à entrer. Tous acceptent et sont transmis à la chambre. Sur place, le gourou étudie. Sur son invitation, les visiteurs s'installent dans les sièges disponibles. Le père de l'hôte prend sa retraite (Aller à la cuisine) pour les rendre plus confortables.

Angel pour la lecture. Il garde le livre et devient alors disponible pour faire attention à ses disciples bien-aimés. Il commence la conversation lui-même :

« D'accord. J'aime le voir de cette façon. 10 minutes plus tôt. Es-tu prêt pour une autre leçon ?

« Oui. (Tous)

« Je dois vous avertir que les étapes se réfèrent à l'évolution spéciale des dons. Tu vas devoir travailler plus dur. (Angel)

« Tout va bien. On n'attend rien gratuitement. (Victor)

« Nous avons déjà de l'expérience. (Rafael complété)

« Sauf moi, mon pote. (Rappelé Romão Cardoso)

« Ne t'inquiète pas, Romão. Tu es une longueur d'avance sur les autres. (Ange Noté)

« Et moi, maître ? (Pénélope)

« Vous êtes puissant. Cependant, vous devez beaucoup faire dans ce domaine et les deux autres étapes restantes. (Angel)

« Quel est le défi d'aujourd'hui ? (Marcela)

« Je vais vous enseigner un démembrement important : chair et esprit. (Angel)

« Que veux-tu dire ? (Demande Rafael)

« Suivez-moi et je vous montrerai. (Angel)

Angel se lève et se dirige vers sa chambre. Les autres, bien qu'ils soient surpris de lui obéir. Il s'approcha du lit, s'allonge et fait un signe pour que les disciples s'éloignent un peu. Quand ils sont à distance sûre, il commence le rituel : Il a franchi ses bras, fait le signe de la croix, parle dans une langue étrange, devient statique et s'endorme. Peu après, votre corps commence à rayonner la lumière qui brûle si incandescent. De l'intérieur de la lumière se lève la partie spirituelle du maître. Il donne un sourire, des vagues et bénit tout le monde. Ce moment dure environ cinq secondes. Après cette période, la lumière s'éteint et l'âme d'Angel revient au corps. Immédiatement, il se réveille, sort du lit et rencontre des apprentis qui continuent de lui poser des questions.

« C'est incroyable. Comment tu fais ? (Victor)

« Quelle langue était-ce ? (Raphaël)

« Que représente la lumière ? Pénélope

« Pourquoi cette technique est-elle utilisée ? (Marcela)

« J'aime ça. On peut le faire aussi ? (Romão)

« Beaucoup de questions de ma chère. Je vais essayer de les sortir. Faites un carré, s'il vous plaît.

Les disciples obéissent et Angel se tient au milieu. Ensuite, en une période de quinze minutes, il enseigne l'étape par étape (y compris les objectifs et les avantages). En fin de compte, tout le monde a l'occasion de pratiquer un peu. Ils essaient une fois, deux fois, trois fois jusqu'à ce qu'ils l'attrapent.

Après le succès, Angel termine la formation de la journée. Il marque la nouvelle date de la prochaine réunion et invite tous les autres à déjeuner spécial. À cette occasion, ils passent environ une heure dans un environnement familial avec les autres membres de la famille Magellan.

Quand ils finissent de nourrir, les visiteurs remercient et disent au revoir parce qu'ils avaient d'autres engagements. Le chef de file reviendrait étudier et analyser les projets qu'il avait en tête pour le groupe. On se voit dans le chapitre suivant, lecteurs.

2.29-Douleur

Le temps passe un peu. Trois jours après la huitième étape de la formation mutante, il se passe quelque chose d'ennuyeux et inévitable. Allons voir les faits. Dans un après-midi ordinaire, Jilmar se reposait sur une chaise (à l'extérieur de sa cabane) quand il commença soudainement à se sentir étouffé. J'étais vraiment malade. Même s'il était faible, il avait encore la force de crier. Heureusement, ses enfants et sa femme l'ont entendu.

Il a été rapidement sauvé. Comme il semblait quelque chose de sérieux, il a été placé sur le dos du cheval soutenu par deux personnes. Il fut ensuite confié au départ à la place d'urgence avec l'autre fils (Rafael) les accompagnant dans un autre animal. Malgré le trotting à une bonne vitesse, tout le monde craignait que le pire se produise avant même que l'homme mourant n'ait eu des soins spécialisés.

Toute attente, tous ceux qui participent au processus se sont accrochés à toutes les forces spirituelles qu'ils savaient pour y mettre fin. Le passage à Pesqueira était long pour ceux qui étaient dans un état de santé délicat. Avec chaque seconde qui passait, la chance de survie a diminué ce qui était désastreux pour les personnes impliquées. C'est une bonne chose qu'au moins Jilmar ait survécu à l'ensemble de la traversée de 20 kilomètres en une heure et demie. C'est-à-dire qu'il était conscient, mais très affaibli par tous les efforts et fatigues qui ont été libérés sur le cours au-delà de sa propre condition physique.

En arrivant exactement à l'hôpital, le patient est urgent référé aux soins. Il était toujours accompagné de sa femme. Les enfants sont dans la salle d'attente, sur recommandation. Ils applaudissent.

Cependant, vingt minutes plus tard, Filomena revient de la salle d'urgence. Il les trouve pleins de larmes, les câline et à la fin, bégaiement, parvient à dire :

« Mes enfants, les médecins ont fait de leur mieux, mais votre père était très malade. Bref, il est parti !

« Je n'arrive pas à y croire. (Victor exclu)

"Tu veux dire qu'il est allé au paradis ? (Raphaël)

"Bien sûr, Rafael. Il était bon. Maintenant, maintenant, nous avons besoin de force et de prier pour lui. Viens ! On va régler les arriérés. (Filomena)

Tous les trois ont quitté l'hôpital. La première action a été de louer un buggy pour ramener le corps sur le site. Il serait enterré dans ses terres comme il était de sa volonté. Après cela, ils sont allés à la maison de parents, de connaissances et d'amis pour avertir ce qui s'est passé et inviter à la veille et à l'enterrement qui se tiendra l'autre jour. Tout le monde regrette le fait et promet la solidarité à un moment aussi difficile.

Les trois retournent ensuite à l'hôpital à bord de la voiture. Filomena signe un papier et le corps est enfin libéré. Ils commencent ensuite le retour à leur coin, situé dans le célèbre site Fundão.

Le voyage se déroule normalement. Quand tu rentres, ils préparent le corps. Après cette marche, ils la placent sur une planche en bois. Il restait là pour le reste de la journée et il ne serait enterré que le matin du lendemain, à environ 10 h du matin.

Désolé, les membres de la famille Torres se sentaient totalement confus et perdus à cause du choc. Ils pourraient s'en remettre ?

2.30-Réveille-toi et enterre

Un jour nouveau se lève sur place avec toutes les caractéristiques de la campagne : le chant des oiseaux, la brise du matin contraste avec le lever du soleil et la tranquillité de toujours. Cependant, ce n'était pas un jour de bonheur pour les tours. Ils venaient de se réveiller épuisés par les événements précédents et d'être le jour d'adieu définitif (au moins physiquement) du patriarche de la famille : le grand et inoubliable Jilmar.

Immédiatement, chacun s'est chargé de faire une tâche dans le but d'accueillir de bons proches, amis, connaissances et même des étrangers qui se sont confrontés à la situation. Les trois d'entre eux font de leur mieux et dans une heure, ils se préparent tout. Peu après, ils vont à la cuisine. Quand ils arrivent à l'enceinte, ils préparent quelque chose à manger.

Quand ils auront fini, ils s'asseoir à table et s'entraider. Pendant l'alimentation, Filomena commence une conversation avec ses enfants.

"Comment mes amours ont-ils dormi ? Tu te sens bien ?

"La nuit était longue. Pour la première fois, je me sentais un peu seul. Ce n'est pas pareil parce que tu aimes ça avant et après. De bonheur à la solitude et au malheur. J'espère cependant surmonter un jour. (Victor)

"Ce n'était pas facile pour moi non plus. Mais on s'attendait. Nous devons comprendre. (Raphaël)

"D'accord, Rafael. J'admire ta force. Victor, mon fils, pourquoi es-tu seul ? N'est-ce pas une famille ? On doit passer par là. (Filomena)

"Oui, nous l'sommes. Cependant, un membre me manque. Je ne l'oublierai jamais. Il était vraiment spécial pour moi. (Victor)

"Pour nous aussi. Tu n'as aucune idée de combien ça me fait mal de me séparer de quelqu'un qui m'avait vécu avec moi depuis plus de quinze ans. (Filomena)

Les larmes copieuses coulent sur la face des Filomena souffrantes. Il y avait un exemple d'un combat qui avait souvent quitté pour nourrir ses enfants. Pour eux, je pourrais tout faire.

Les enfants comprennent la profondeur de la question. Ils l'approchent, l'embrassent et l'embrassent. Ce moment magique est bref, mais assez difficile pour les renforcer et renforcer encore les liens qu'ils ont rejoints. Les Tours continueraient à avancer et les têtes seraient maintenues en hauteur.

À la fin de l'embrase, ils recomposent et le dialogue reprend.

"Je suis désolé, maman, j'étais égoïste. Je promets d'être plus fort. (Victor)

"Tout va bien. Ne te recrée pas. C'est normal pour toi. (Filomena)

"Ne désespérons pas, mon frère. Tu te souviens de la technique de communication avec les esprits ? On peut l'utiliser pour tuer notre père un peu. (Raphaël)

"C'est une bonne idée. Je ne sais pas si j'aurais assez de cran pour faire ça. Je pense qu'il vaut mieux le laisser reposer en paix et ne s'intrus qu'il a vraiment besoin d'aide. (Victor)

"Tu as raison, fiston. Et si on priait pour lui ? (Filomena)

"Soutenu. (Victor)

"Oui. (Raphaël)

Les trois ont fait un cercle. Main en main, ils prièrent pour un bon accueil de l'âme de Jilmar au ciel. Au final, ils se sont encore embrassés. À partir de maintenant, ce ne serait que les trois, un pour tous et tout pour un ! Comme aux mousquetaires de l'histoire.

Un instant plus tard, ils entendent frapper à la porte. Ils sont en route pour prendre. Ce faisant, ils sont au-dessus de la présence de leurs cousins bien-aimés, Angelica et Bartolomé. Ils étaient les premiers à arriver pour le réveil. Ils se saluent, se serrent les uns les autres, entrent dans la maison et commencent à payer leurs respects aux morts.

De là, plus de gens commencent à arriver pour assurer la solidarité. Dans un certain temps, la maison est déjà pleine. A l'intérieur, le mouvement est intense. Il y a beaucoup de prières, de demandes de condoléances, de paroles de consolation, en bref, d'appui mutuel entre les participants.

Près de la sortie, le prêtre arrive enfin. Il recommande le corps et l'âme dans une solennité passionnante. Tout le monde applaudit.

Quand le moment viendra, trois hommes forts sont invités à prendre le corps, à l'emballer dans une sorte de serviette et à aller à l'endroit indiqué pour l'enterrer. Les autres suivent, dans une grande procession.

Comme l'endroit était proche, dans dix minutes, ils arrivent à la destination. Ils ont mis le corps sur le sol, et ils l'insèrent dans le trou, creusés plus tôt. Quand ils arrivent au fond, ils commencent à jeter de la saleté. Cette tâche dure environ 15 minutes. Lorsqu'ils couvrent entièrement le corps, ils placent une croix en bois. C'est le symbole du christianisme, la croyance de la grande majorité présente.

Une fois de plus, on applaudit ce qui était un exemple de lutte dans la communauté. Après les funérailles, tout le monde dit au revoir aux membres de la famille et retourne chez eux. Peu de temps plus tard, c'est ce que les Torres font aussi, avec une poignée sur leurs cœurs. Que se passerait-il ? Continue, lecteurs.

2.31-Restart

Certains jours passent et les membres de la famille Torres reviennent progressivement à leur routine normale. La mère s'occupe du travail ménager et de l'artisanat. Les enfants sont consacrés aux études, au travail dans le jardin, aux activités sociales et aux loisirs. Cependant, le jour était encore loin quand on pouvait dire que la mort du patriarche de la famille était surmontée. Peut-être qu'ils n'ont jamais eu cet exploit parce que Jilmar était un être vraiment hors du spectacle.

Quoi qu'il en soit, l'important était de comprendre qu'ils avaient tous porté la vie. Ils étaient des acteurs de théâtre sur une grande scène (Le monde) et que par les forces de circonstances, certains étaient remplacés, perdaient leurs rôles alors que d'autres arrivaient. Il n'y avait pas de temps pour affliger autant qu'il l'a fait parce qu'il y avait quelque chose de normal et de courant, un pacte entre la planète et le créateur.

En outre, un jour viendrait que tout le monde ait la même destination, c'est-à-dire faire le grand passage entre les avions interconnectés qui se déplacent contre l'inconnu. Ils trouveraient probablement leurs proches et laisseraient le même bonheur s'ils étaient dignes. Cet événement s'appelle "Réunion entre deux mondes" réservé aux élus.

La vie continuerait dans un monde plein d'injustices, de corruption, de préjugés et d'intrigues. C'était typique du début du XXe siècle, dans le pauvre Nord-Est oublié par les dirigeants et les grands du pays à cette époque.

2.32-Manipulation des énergies

La roue de la vie continue de tourner pour tous les personnages en question. Jusqu'à ce que le jour soit exactement prévu pour la neuvième étape du développement spirituel, physique et humain du groupe mutant dirigé par Maître Angel, disciple du légendaire sorcier Ishikawa.

Comme toujours, tout le monde prépare le temps pour un autre moment spécial. Quand ils sont prêts, ils partent pour leur destination.

Ceux qui vivaient dans la pêche sont partis environ une heure et demie à l'avance par rapport aux frères Torres, qui vivaient très proches.

En route, ils font face aux mêmes adversités qu'ils avaient appris à surmonter avec une certaine facilité. C'est parce que le désir d'apprendre et de se développer au-delà de la curiosité était plus grand que tout. Tout en valait la peine parce que les résultats étaient visibles de toutes les manières. Cependant, certains doutes restaient en l'air sur la destination voisine et ils n'avaient toujours pas le courage d'exiger des réponses. Ils préfèrent attendre que les événements se déroulent.

Avec cette décision, ils avancent sur le chemin. Victor et Rafael arrivent d'abord. Ils frappent tous les deux à la porte. Quand ils sont assistés par l'hôte, ils entrent dans la maison. Ils vont à la pièce où ils restent dans les sièges disponibles. En attendant d'autres, ils étudient et parlent librement avec le maître. Ils étaient les plus proches.

Trente minutes plus tard, les autres membres de l'équipe s'approchent après avoir revisité les paysages, rencontré des gens, des animaux, des arrêts et accompli des prières inspirantes. Comme les autres, ils frappent fermement à la porte. Ils attendent un moment. Ils sont pris en charge. De plus, ils entrent dans la maison et rejoignent les autres dans la pièce. Moments plus tard, Angel prend la parole :

« Mes chers amis, la leçon d'aujourd'hui se réfère à la façon dont vous explorez votre cadeau. Je vais vous apprendre à utiliser votre puissance cachée correctement. J'espère que vous pouvez manipuler l'énergie. En outre, j'espère être compris. Je peux commencer ?

"Oui. (Tout)

"D'accord. Viens avec moi. (Ange demandé)

Les mutants se dirigent vers la porte de sortie. Ils l'emmènent et passent dans les bois. 30 minutes à pied, tournez à gauche et marchez encore cinq minutes. Ils arrivent devant une grotte. A ce stade, Angel s'arrête et avec un signe de mains demande aux autres de faire de même. Les disciples obéissent. Puis le maître reprend la conversation.

"Tu vois cette grotte ? Ceux qui y entrent avec la bonne harmonie peuvent manipuler leurs propres énergies spirituelles. C'est ce que je vais te montrer. Allons-y !

Même suspect et effrayé, tout le monde obéit. Ils vont vers l'entrée, et au moment où ils entrent, ils ressentent quelque chose de spécial. Ils marchent à environ dix mètres dans le noir complet aidé par le toucher jusqu'à ce qu'une lumière s'allume instantanément, éclairant tout le monde. Comme ils se tournent vers la lumière, ils réalisent que le maître avait relevé un de ses bras. Voyant l'étonnement prendre le dessus tout le monde, il explique :

"Tu as vu ça ? Vous devez utiliser votre propre ténèbres comme source de lumière, potentialisant vos chakras individuels. Les étapes sont les suivantes : « Mentalisez votre puissance intérieure pour que vous restiez très concentrée. Comme vous vous sentez prêt, respirez profondément et priez : les forces de lumière me donnent la gloire qui me mène. Alors lève un des bras. Avec la bonne foi, la magie arrive." Après l'explication, le groupe avance encore dix mètres à l'intérieur de la grotte. Un à un, ils essayent d'imiter le maître. Au deuxième essai, ils réussissent et les petites lumières s'éclairent en contraste. La joie est générale et ils perfectionnent la technique jusqu'à épuiser leurs énergies.

Avec une autre étape conquise, le Chaman met fin à l'œuvre. Le groupe quitte la grotte. A l'extérieur, ils correspondent à la date de la prochaine réunion. Cette fois, chacun dit au revoir parce qu'ils avaient beaucoup de tâches à accomplir pendant le reste de la journée. Le patron rentre chez lui. Là, il préparerait le déjeuner pour les parents qui arriveraient en voyage, nourrissaient et s'occupaient des futurs plans du groupe. Qu'avez-vous en tête ? Continue, lecteur.

2.33-Je me connais mieux

Deux jours après la réunion du groupe, la plupart des participants se retrouvent à l'école lundi matin. Ils se saluent, attendent que la cloche sonne et aille en classe. Avec un comportement exemplaire, ils participent à toutes les activités dans cinq classes épuisantes hors de l'intervalle. Avec cela, leurs bagages culturels, spirituels et humains augmentent.

À la fin de la leçon, ils se retrouvent à nouveau en sortant. Le chef se réunit rapidement en passant par quelques lignes directrices importantes que les disciples s'engagent à suivre. Quand c'est fini, il les dispense avec seulement Marcela, Penelope et Victor qui parlent.

"Penelope et Marcela. Comment as-tu pu passer le dimanche ? (Victor)

"Chez moi. Aider ma mère avec mon travail ménager. Et toi ? (Pénélope)

"Moi aussi. En plus, je suis allé à la messe. Et le tien, mon pote ? (Marcela)

« Eh bien, répondant aux deux, j'ai travaillé, j'ai entraîné mes compétences un peu, et je suis rentré de la maison des connaissances. « Mais c'était assez rapide. Tu veux sortir avec moi, Penelope ? Je vais à une réunion d'ex-collègues qui habitent ici en ville. Il sera au club du quartier à deux pâtés d'ici.

"Tout va bien. Mais seulement si Marcela peut partir. Je dois être avec quelqu'un pour qu'ils ne me parlent pas mal. En plus, c'est ma plus proche amie, n'est-ce pas, Mar ? (Pénélope)

"Oui. Et toi, ce n'est pas ton Victor, quelle grossière. (Marcela)

"Je suis désolé, je ne l'ai pas réalisé. Les deux sont invités (Penelope). Allons-y ?

"Oui (les deux).

Les trois marchèrent en marchant régulièrement vers leur destination finale. À ce moment, plusieurs informations et hypothèses se sont passées dans leur esprit créant une humeur idéale pour un début de romance. Que se passerait-il ?

Pour savoir, je continue à suivre la vision qui s'inspire à l'écran de mon esprit. Je vois clairement le moment où ils arrivent au club environ douze minutes après les débuts de l'école. Avec l'invitation en main, ils entrent dans le bâtiment et rejoignent un groupe de gens. Le vainqueur de l'ami parlait. Immédiatement, des présentations sont faites.

"Marcela et Penelope, ce sont mes anciens camarades de classe. Alex et Isabella, je n'avais pas trouvé depuis si longtemps.

"Ravi de vous rencontrer. (Marcela et Penelope)

"Le plaisir est à moi. (Alex)

"Enchanté aussi. Vous êtes quoi de Victor ? (Isabella)

"Je suis un ami et Penelope est un flirt. (Marcela)

« Ceci, je suis désolé. On apprend à se connaître. (Pénélope)

"Félicitations à vous deux. Victor est vraiment spécial. (Noté Isabella)

"Merci, merci. Tu es la personne douce. (Victor)

« Qu'est-ce qu'on a pour aujourd'hui ? (Marcela)

"Aliments, boissons et danses pour quiconque veut la souhaiter. Nous attendons juste que le reste de notre classe arrive. (Alex)

"Très bien. Ça te plaît, Penelope ? (Victor)

"Plus ou moins. Être avec toi, c'est ce qui compte. (Pénélope)

"C'est magnifique. J'aime le voir de cette façon. (Marcela)

Victor se rapproche un peu. En reconnaissance de l'affection, embrassez le visage de son prétendant. Tout le monde applaudit. Les moments plus tard, Alex quitte un peu et avec l'aide d'un autre collègue apporte des tables et des chaises et les cadeaux peuvent mieux s'adapter. Ils parlent de divers sujets.

Exactement vingt minutes plus tard, le groupe musical arrive et le reste du personnel. Dès son entrée, la destination réserve une surprise spéciale. Parmi eux, il n'y avait rien de moins que Romão Cardoso, le débutant et aussi plus développé groupe de mutants dirigés par Angel (la raison de sa présence était parce qu'il connaissait Alex). Après avoir réalisé la présence de ses collègues, il approche, salue tout le monde et est invité à les rejoindre. Invitation acceptée, il s'installe et ensuite les festivités sont lancées.

Le cocktail est servi et une chanson agréable commence à être jouée. Victor profite de la situation et demande Pénélope en contre-danse. Même si elle est timide, elle accepte pour ne pas le déplacer. Les deux se dirigent vers le milieu du couloir avec d'autres couples. Heureux, ils se font progressivement emportés par l'embaume de la musique.

Marcela, seul, a une idée. Il approche Romão et même si c'est inhabituel à l'époque l'invite à danser aussi. Il le prend en quelque sorte. Les deux vont au salon et rejoignent les autres. Marcela, avec sa sympathie, tire la conversation avec son partenaire et essaie de le faire plaire de toutes les manières parce qu'elle le désirait secrètement. Ils se mettaient en chansons et chansons.

C'est une pause. Fatigué, les couples d'amis reviennent à la table. Ils en mangent encore. Les hommes boivent, et quand ils se sentent assez courageux, ils embrassent légèrement leurs mariées. Tout le monde applaudit et ils sont remplis de bonheur parce qu'ils voulaient travailler. Surtout pour Marcela qui ne l'avait pas prévu.

Ils restent un peu plus longtemps. Ils mangent, boivent et dansent un peu plus. Quand il est un peu tard, les femmes demandent de rentrer. Après tout, les parents sont peut-être inquiets parce qu'ils n'avaient pas été avertis. Les hommes acceptent.

Pendant que Cardoso prend Marcela, Victor prend Penelope. Après la livraison, ils retournent à leurs endroits satisfaits alors qu'ils commençaient une nouvelle phase de leur vie qu'ils espéraient être de grande prospérité et de bonheur mutuel.

2.34- *Contact après la mort*

Le lendemain de la rencontre riche entre les amants mutants, les frères Torres s'occupent de leurs affaires courantes. En fin de journée, dans un instant de repos, le destin prépare une belle surprise pour les deux. Ils étaient devant leur cabane profitant du magnifique paysage du coucher de soleil quand soudain une douce brise s'est heurtée avec eux.

Réalisant la mystique spirituelle, ils se concentraient tous les deux. Ils ont utilisé leurs techniques pour établir un contact avec la force attirée. En un peu moins de cinq minutes, ils réussissent et l'esprit se matérialise. C'était l'essence de Jilmar, le père matériel des personnages en question.

L'émotion prend le contrôle en ce moment. Bégaiement, Victor commence la conversation.

« Comment allez-vous, mon père ?

« Aussi possible. Et vous ? (Jilmar)

« Marcher. Ton désir est fort, ça fait mal, et c'est dur à supporter. (Victor)

« Je vais bien aussi. Toujours en souvenir des bons moments que nous vivons ensemble. (Raphaël)

« C'est génial. Ce que j'ai à dire, c'est que tu grandis, les enfants. De moi, gardez les enseignements et les valeurs que j'ai transmis. Je veux que tu évolues en aidant tout le monde dans le plan que tu as. C'est ce qui est important. Les autres sont des passagers. Maintenant que je vais toujours demander avec les forces de la lumière pour ton bonheur. C'est ce qui est en mon pouvoir. (Jilmar)

« Merci, papa. Besoin. Des recommandations ? (Victor)

« Prenez soin de ma vieille dame. Notre amour est éternel, et je l'attendrai de l'autre côté. (Jilmar)

« Papa, je voulais te dire que je t'aime ! (Raphaël)

« Idem. (Victor)

« Moi aussi, je suis enfant. Prends soin de toi. La chance et le succès. Je veux que tu te souviennes de mes mots parce que ce sera la seule fois qu'on communique, et je pars. (Jilmar)

« Ne pars pas papa. Reste un peu plus longtemps. (Raphaël)

« Parlez-nous de votre vie actuelle. (Victor)

« Je ne peux pas. Je dois vraiment y aller. Au revoir. (Jilmar)

Dicté ces mots, l'âme de Jilmar a rapidement disparu devant eux. Avec ses mains exterminées, il les bénit. Dès lors, ils devraient se conformer définitivement parce qu'il n'était pas possible d'y parvenir.

Les larmes sont issues des visages du jeune Torres pendant quelques instants. À titre de mesure de précaution, ils ont promis de parler à quiconque de l'expérience. Après tout, qui le croirait ? Il restait maintenant à remercier les forces bénignes pour la rare opportunité donnée.

C'est ce qu'ils font. Puis ils rentrent. Le soir, ils dînent et parlent à leur mère et retournent à l'extérieur. Ils passent beaucoup de temps à regarder les étoiles. Quand ils se sentent endormis, ils combinent les détails de la planification du lendemain. Avec tout ce qui est réglé, ils vont dormir en espérant que les prochains jours seront aussi importants que celui-ci.

2.35-Cultivant feu d'amitié

Le reste du mois en question (décembre 1913) a continué sans nouvelles. Les personnages principaux étaient engagés dans leurs causes sociales, professionnelles et aimantes.

Arrivant à la date de la dixième et dernière étape du traitement spirituel, les participants se préparent correctement. Ils disent au revoir aux parents qui commencent le voyage à la résidence de la famille Magellan. Ils cherchaient le conseil et la sagesse de Maître Angel. Qu'est-ce qui t'attendait cette fois ? Continue, lecteurs.

Ceux qui habitaient à Pesqueira sont partis dans les premières heures du matin. Ils ont accompli les étapes suivantes : ils ont traversé le centre, ont pris la route principale, ont grimpé la chaîne de montagne Ororubá et ont toujours avancé sur ce plateau brut. Environ deux heures plus tard, ils sont arrivés.

Ils ont frappé et crié à la porte avec insistance. Quelques instants plus tard, ils furent accueillis par l'armée qui les conduisit dans la pièce. À leur arrivée, ils remarquent la présence des frères Torres qui étaient déjà à environ 15 minutes dans l'environnement. Avec tout le monde rassemblé, Angel prend la parole :

« Eh bien, disciples, la leçon d'aujourd'hui que vous devez apporter pour le reste de vos vies. C'est un sentiment fort et invincible, notre amitié. (Angel)

« J'ai compris. Qu'est-ce qu'on va apprendre spécifiquement ? (Victor)

« Faut-il être sur la même page ? (Raphaël)

« Pouvez-vous nous dire en détail ? (Romão était intéressé)

« Si c'est à nous deux, ça va aller. N'est-ce pas, Penelope ? (Marcela)

« Oui. (Pénélope)

« Doucement. Allons en partie. Faites un cercle, s'il vous plaît. (Angel)

Les disciples obéirent même s'ils ne savaient pas ce qui arriverait ou ce qu'Angel avait prévu.

« Maintenant tiens la main. (Angel)

Une fois de plus, la demande est satisfaite. En conséquence, les attentes de chacun augmentent.

« Pensez à tous les moments que nous avons passés ensemble et à la fin, dites : « Chrysa ! (Angel)

Les instructions sont suivies à nouveau. Quand ce dernier se conforme, le sol tremble, sombre un peu et les énergies sortent des mains des membres qui se rassemblent au centre peu à peu. A la fin, il y a un foyer de lumière qui éclaire tout le monde. Dans une impulsion, ce feu se lève au-delà du plafond. Il disparaît dans l'immensité de l'univers. Angel rire, pleure et explique :

« C'est fait. C'est un signe pour nous rappeler que nous sommes une équipe, une équipe. Tant que nous existerons, notre lumière restera, et nous serons toujours gagnants même si nous perdons quelques batailles en cours de route. Mais finalement, la victoire sera à nous.

Cela dit, l'émotion a pris le dessus. Un à un ils approchaient et finirent par se câliner. Il y a eu des exemples de lutte, de dévouement et de persévérance même dans des conditions si difficiles dans un temps aussi difficile.

Quand le moment passera, le chef prendra la parole.

« Eh bien, je dois réfléchir un peu. Demain, je veux une réunion avec tout le monde. Y a-t-il autre chose que vous voulez ?

« Non. C'est trop bon. (Victor)

« Bien pour moi aussi. (Raphaël)

« Idem. (Marcela, Romão et Penelope)

« À demain. (Angel)

« Je suis désolé. (Tous)

Un à un ils disaient au revoir et suivaient leur cours. La chance a été jetée.

2.36-Proposition

Un nouveau jour arrive. Les oiseaux crient, le soleil commence à se lever et ses rayons aident à éveiller les illustres membres des valeurs de la famille Torres. Cette famille portait dans leur sang une lignée de puissants voyants et importants. Après l'éveil, chacun fera ses activités respectives. Plus précisément, les jeunes se préparent à un autre chemin vers la ville. Ils achever le cycle des classes et connaître le résultat d'une année de dévouement et d'effort.

Quand ils sont prêts, ils disent au revoir à leur mère. Avec quelques pas, ils passent par la porte. A l'extérieur, ils cherchent l'animal. Quand ils le trouvent, ils le montent et commencent par prendre la route principale.

Le début de la promenade révèle une partie de l'impression qui domine maintenant les jeunes mais qui ont vécu Victor et Rafael. C'était un mélange d'agitation, de doute, de peur, d'angoisse et de prudence surtout. Après tout, ils descendaient un chemin inconnu. Bien qu'Angel soit extrêmement fiable, il fallait être prudent. Il leur avait lui-même enseigné cela dans ses longues conversations secrètes et courantes.

Ils se sont engagés à ne pas abandonner et à avancer sans cesse, quelle que soit la situation. Une valeur appartenant aux plus nobles aventuriers. Ils devaient bientôt être félicités.

Ils continuent à avancer. Le passage par les reliefs, la végétation et les sentiers bien connus sont aidés par le cheval. Avec ça, ils font plusieurs kilomètres. En 30 minutes, ils atteignent un quart de la route. Ce fait passe inaperçu parce que l'accent était un autre : continuer à avancer.

Dans la seconde partie de la route, ils trouvent un buggy. Rare faits dans la région. Elle passe par les deux. Comme ils se précipitaient, ils n'ont pas prêté beaucoup d'attention. Cependant, ils ont conclu qu'il devrait être un touriste ou religieux intéressé par les beautés naturelles de la région ou élever les âmes. Après la réunion, la monotonie et le silence prédominent encore trente minutes. À ce stade, ils remplissent la marque de 10 kilomètres.

Le rythme augmente. En raison de la vitesse élevée, ils soulèvent la poussière. Ils peuvent accomplir la dernière partie du voyage en un temps record. Cela comprend le passage sur le détour à Cimbres vers le quartier des prairies. Il y avait l'école de gym. Quand ils arrivent, ils trouvent leurs collègues. De poliment, ils les saluent. Les moments plus tard, la cloche sonne et tout le monde se dirige vers la pièce et les endroits respectifs.

Tout au long de la matinée, le temps est divisé entre les classes — intervalle-résultat. Au final, ils sont satisfaits. Les mutants étaient morts. Ils disent au revoir aux enseignants, au personnel scolaire et sont enfin libérés. En sortant, Angel rassemble l'équipe, et ensemble, ils vont au bar habituel. Ils voulaient profiter d'un moment de loisirs et de débats qui promettaient d'être dans l'intérêt de tous.

En route, des moments de silence et de confiance des mots brefs alternent. Il faut environ 15 minutes pour aller à la destination. À leur arrivée, ils saluent les cadeaux et s'asseoir sur les chaises autour d'une table. Évaluez le menu et combinez ce que vous commandez entre nourriture et boisson.

Une fois la demande faite, le chaman prend la parole :

« Mes chers amis, j'ai quelque chose d'important à vous dire après longtemps de vivre ensemble. Je pense que le moment est venu d'agir et de révéler mon but. Ça t'intéresse ?

« Bien sûr. On est tous des oreilles. (Victor)

« Vous pouvez parler, maître. (Raphael bienveillant)

« Quelque chose d'important ? (Pénélope)

« Voici la bombe ! (Marcela)

« Nous sommes ensemble. (Romão soutenu)

« D'accord. Je voulais dire que quand j'ai fondé le groupe mutant, je n'avais aucune idée de ce que cela pourrait venir. À la fin de dix étapes, je pense que nous sommes prêts à lancer une grande mission. Je suis un fan de l'œuvre des cangaceiros et inspiré par eux, je veux rendre notre groupe pour défendre la liberté, les opprimés, la justice, la dignité que chaque être humain mérite. Je propose que nous formions le groupe de justiciers de l'arrière-pays. Aidé par nos pouvoirs, nous pouvons combattre les élites en transformant ce monde arriéré en un monde meilleur. Qu'en pensez-vous ? (Angel)

« Soutenu. (Victor)

« Splendide. (Raphaël)

« D'accord. (Romão)

« Prendrons-nous des risques ? (Pénélope)

« Quelle est la première étape ? (Marcela)

« Répondant aux deux, il y aura toujours un risque et je n'ai pas encore défini le début du travail. Probablement l'an prochain. Mais si quelqu'un ne veut pas participer, ils ont toutes les libertés pour ça. (Angel)

« Rien de tout ça. On est ensemble et on est d'accord. N'est-ce pas, les gars ? (Victor)

« Oui. (Les autres en chœur)

« Merci pour votre confiance. Pour l'instant, c'est tout. Mangeons et profitons de ce dernier jour. (Le Maître)

Les aliments et les boissons sont là. Dans un climat d'harmonie, tout le monde était satisfait. Ils ont dit au revoir, retourné chez eux et à partir de ce moment ils profiteraient de vacances après une année de travail intense et d'études.

2.37-Récession scolaire

Les personnages en question avaient terminé leur cycle de classe en 1913. Elle était plus que méritée après tant d'engagement durant l'année.

En ce qui concerne les nouveautés, quelque chose de remarquable était la croissance du ventre de La demoiselle Filomena. Bientôt, je recevrais la grâce d'un troisième fils. Il devait être aussi brillant que ses deux premiers. En outre, la relation entre mutants (Victor et Penelope ; Marcela et Romão) a été renforcée.

Relate le groupe de vigilantes, ils étaient partis tout ce temps en perfectionnant leurs techniques. L'année prochaine, ils commenceront leurs activités. Ils voulaient mettre en pratique les plans de l'audacieux Ange. Ça marcherait ? Seul l'avenir pourrait apporter une réponse concrète à ce sujet.

2.38-Retour aux cours et surprise

Il était début février 1914. Exactement ce jour, les cours commenceront par rapport à la deuxième année du lycée pour les vétérans et l'entrée de nouvelles classes la première année. Tout le monde était très excité.

Les personnages en question préparaient généralement avec une grande inquiétude pour ce jour important. Comme ils vivaient loin, Victor, Raphaël et Angel se réveillèrent tôt. Sans beaucoup de retard, ils sont partis. Ils feraient face à la routine dure de voyager environ 20 kilomètres par jour. Bien qu'ils sachent que cet effort vaudrait la peine parce que la connaissance était fondamentale dans leurs plans.

Dans environ deux heures, ils terminent le voyage total. Dès leur arrivée à la destination, ils rencontrent les autres membres. Pour poliment, ils accueillent les autres avec des câlins et des baisers. La nouveauté était Romão qui encouragé par Marcela retournerait à l'école après dix ans. J'allais commencer la première année du lycée.

Après les salutations, la cloche sonne. Les étudiants fouilleront leurs chambres. Quand ils le trouvent, ils s'installent dans leurs sièges en attendant que le premier professeur arrive. Ce ne sera pas long.

A l'entrée du professeur, une grande surprise pour Victor. Même quatre ans plus tard, vous pouvez reconnaître votre Sara bien-aimé, un flirt d'enfance. Au début, elle s'est présentée aux étudiants. Avec une didactique claire, il a expliqué ses méthodes d'enseignement. Reconnaissant son ex-petit ami, elle est allée le saluer avec des câlins et des baisers sur son visage. Cependant, son travail a continué. Avec ça, ils n'ont pas eu la chance de parler mieux. Cette attitude a suscité la jalousie à Penelope qui n'a pas surgi parce qu'elle était polie.

Même secoué, Sara et Victor remplissaient leurs rôles respectifs dans les deux classes qui suivirent. Malgré l'aspect formel de l'environnement, ils étaient visiblement satisfaits de cette réunion, qui a encore augmenté la jalousie du mutant bien-aimé déjà mentionné. Du côté professionnel, ils ont obtenu de bons résultats globaux. Sans aucun doute, elle s'est avérée être une grande maîtresse de sa discipline. C'était la géographie, l'un de ses préférés.

À la fin, Sara a dit au revoir à tout le monde. Il est parti dans une autre pièce avec un petit cœur à cause de la réunion inattendue. Pendant ce temps, Victor ne pouvait pas faire attention à d'autres classes. Avec l'arrivée des cours de rupture repris et rien n'a changé. Il était toujours attentionné et statique.

Un peu plus tard, le travail scolaire a été finalisé. Les étudiants ont donc été libérés. En quittant l'école, le chef mutant a tenu une rencontre rapide entre les justiciers mutants. Une réunion a été convenue dans deux jours, à l'endroit habituel. Ils se disaient au revoir, commençant le voyage à la maison.

Angel, Victor et Raphael ont fait rouler les chevaux. Avec environ cinquante mètres parcourus, une voix mince attirait l'attention en prononçant avec force le nom de Victor. En tournant, il a trouvé que c'était Sara qui courait après eux. Le train s'arrête.

En approchant, elle prit la parole :

« Pouvons-nous parler une minute ? (Renvoyant à Victor)

« Bien sûr. Je peux avoir un congé d'absence ? Vous êtes libre de partir. Je promets d'y aller plus tard. (Victor)

« A la facilité, frère. (Raphaël)

« Qui est-ce ? (Angel)

« Une personne de mon passé. Je t'expliquerai plus tard. Maintenant, je dois y aller. (Victor)

« C'est bon. Bonne chance. (Angel)

Victor a réuni avec Sara. Ensemble, ils ont décidé d'aller au centre-ville. Ils commencent à marcher ensemble. Ils ont ressenti un mélange de nervosité, de plaisir et d'attente. Il n'y avait rien de mieux que cette réunion après un temps de séparation. Bien qu'ils soient de côté opposé de la vie, il était important de se réconcilier avec eux-mêmes.

Après une marche de 15 minutes, ils arrivent sur la place centrale devant la cathédrale. Ils cherchent à s'adapter dans l'une des banques disponibles. Comme c'était l'heure du déjeuner, il n'y avait pas de mouvement. C'était donc un endroit parfait pour une bonne conversation. Côté à côte, Victor prend l'initiative.

« Comment êtes-vous arrivé ici ? Où étais-tu tout ce temps ?

« Après avoir quitté le site, ma mère et moi avons déménagé à Olinda. Là, j'ai eu l'occasion d'étudier et d'avoir des contacts avec les gens du monde. Quand j'avais treize ans, j'étais professeur et j'ai commencé à agir. Six mois plus tard, j'ai perdu ma mère. Soufflant cette douleur, j'ai décidé de revenir sur ma terre que j'aime tant. Et toi ? Comment tu vas après que tu m'aies largué ? (Sara)

« Qui vous a dit ça ? Je t'ai trop apprécié pour agir ainsi. Avec ton départ, j'ai beaucoup souffert, mais je me suis remis à l'aise. J'ai travaillé, vécu de nouvelles expériences, retourné à l'école et j'ai une petite amie. (Victor)

« Et la note ? Tu disais qu'il n'avait plus d'intérêt pour moi. C'est la seule façon dont j'ai accepté de t'éloigner. (Sara)

« Quel billet ? Je ne sais pas pour ce mot. (Victor)

Sara est tombée sous le choc pour réaliser sa vérité cachée il y a longtemps. C'était juste un piège ? Malgré l'amour qu'elle avait pour sa mère, déjà décédée, à ce moment-là, elle maudit sa mémoire pour avoir été si cruelle pour les deux. Ils étaient si innocents à l'époque. Des larmes copieuses tombèrent sur son visage magnifique, et elle plaida à l'aide.

« S'il vous plaît, tenez-moi.

Victor répondit à sa demande. Pour la première fois, elle ressentait le plaisir de sentir Sara à nouveau dans ses bras. Cependant, il ne l'admettrait jamais. Quand elle s'est calmée, il s'est un peu retiré et a repris le dialogue.

« Est-ce mieux ?

« Oui, merci. Qui est ta petite amie ? (Sara)

« Son nom est Penelope. C'est aussi ton élève. C'est celui qui est assis à la fin du côté gauche. Tu es une personne géniale. (Victor)

« Oui. Tu as toujours eu bon goût. Comment on se tient ? (Sara)

« Même heure. Amis, si possible. Nous devons comprendre que ce qui est fait ne peut être remédié. J'espère que tu es heureuse.

« Merci, j'essaierai.

« Où habitez-vous ? (Victor)

« A côté de l'école, la cinquième maison à droite, dans la même rue. Quand vous et votre famille voulez visiter, faites comme chez vous. (Sara)

« C'est bon. Je dois y aller. C'était un plaisir. Jusqu'à. (Victor)

« Je suis désolé. (Sara)

Les deux se saluent avec des baisers sur la joue et se dit au revoir. Sara se dirige du centre-ville jusqu'au quartier Prado tandis que Victor grimpe la montagne vers la place de Fundão. Bien que je n'aie pas eu de revers au voyage, j'étais plus confus que jamais. Continue, lecteur.

2.39 Révélation imprévue

Un autre jour passe. La vision se concentre maintenant sur la figure du mystérieux jeune Ange lors de l'éveil. Toujours fatigué, seulement lors de la troisième tentative, c'est ce qui arrive même à soulever. Comme il se tient, il se promène dans la pièce sans direction. Quand vous décidez, vous le laissez doucement en direction de la sortie. Alors qu'il passe par la porte, il est attentionné à chercher partout où il est possible de vouloir contempler intensément l'univers entier. Avec cinq minutes dans cet exercice, il s'arrête et rentre chez lui comme s'il avait pris une décision finale. Qu'est-ce que ça pourrait être ? Continuons à suivre les faits.

Dans la maison, il va dans sa chambre. Dans cet environnement, il prend un linge et se dirige vers la salle de bains pour prendre sa douche du matin. En route, il passe par le salon (à côté de la salle des parents), la cuisine et arrive enfin à la destination. Quand vous entrez et fermez la porte, vous poursuivez la même pensée qu'avant. Il s'est présenté plus fortement à chaque moment.

Il commence à se déshabiller cérémonieusement. Quand il est complètement nu, il approche l'étain réservé et grâce à un bol jette de l'eau froide sur le corps. Le contact fait trembler le corps et l'âme aussi. Inintentionnellement, la peur était présente depuis qu'il a pris la décision précédente. Mais j'étais prêt à prendre un risque, et je savais que c'était un chemin de non-retour.

Utilisez encore la boîte d'eau. Il commence à se frotter, utilise du savon et essaie de mettre ses idées en ordre. Malgré son maître en magie blanche à ce moment-là, il se sentait petit, seul et insécurité. Je ne résoudrais le problème qu'en le faisant face et même à un prix élevé.

Il continue son corps et se concentre soigneusement. Rebourrer, savonner et jeter plus d'eau froide sur le corps. Après, il fait un examen général et est satisfait des résultats. Alors prends le linge, bouclez-vous et sortez des toilettes. En sortant, il va dans sa chambre et en chemin, il rencontre ses parents. Pendant que Geraldo part pour bodega, sa mère, Marie da Conceição, préparera le petit déjeuner pour son fils.

Avec quelques pas de plus, le maître atteint le but. Sur place, enlever le tissu et porter une tenue appropriée pour l'occasion. Ensuite, mets une paire de chaussures et redresse tes cheveux. Quand tu te sens prêt, tu vas à la cuisine. Comme la maison était petite, elle arrive rapidement. Dans la pièce, cherchez une chaise près de la table. Allez-vous installer et attendre un moment.

En quelques secondes, ta mère lui sert quelque chose à manger. Avec un signe, les mêmes merci. Puis il commence à se nourrir. Pendant que tu fais ça, tu planifies mentalement chaque étape que tu vas faire le jour. Ça doit aller, conclut l'espoir.

Quand tu as fini de manger, tu retournes dans ta chambre. Prends ton sac à dos, dis au revoir à maman et enfin pars. Dehors, prenez la route principale en direction ouest (contrairement à d'habitude parce qu'il n'y avait pas de classe), et commence à avancer. Le destin était jeté.

Sur le court chemin de moins d'un kilomètre, il pleure, rire, crie, enfin c'est une explosion de sentiments qui se révèle. Que la volonté de Dieu soit faite.

Quand vous arrivez devant la destination, il est statique pendant quelques secondes comme si vous attendiez un signal. Comme il n'y a rien de miraculeux, vous décidez de passer à autre chose. Il s'est approché de la porte, frappe fermement dessus et appelle les hôtes doucement.

Les moments plus tard, il est assisté par la propriétaire de la maison, Mme. Filomena. Elle vous invite à entrer. Directement, il accepte.

Quand vous aurez accès à la pièce, vous demandez vos chers disciples. Il est informé que Rafael a fait pêcher et que Victor est dans la pièce. Parfait, pensée avec ses boutons, l'Ange mystérieux.

Angel demande à Filomena d'appeler Victor. Votre demande est rapidement satisfaite. Elle va dans la pièce et, quelques instants plus tard, le sourire à deux retours. Voici les compliments des deux parties. Filomena se rend ensuite à la cuisine en les laissant seuls. Immédiatement, le visiteur profite de l'indice.

« Je dois te parler, et je suis sérieux. Tu as le temps de m'écouter ?

« À propos de quoi ? » (Victor)

« Un peu de tout. Ça va ? (Angel)

« Bien sûr. (Victor)

« Alors viens avec moi. (Angel)

En tant que bon disciple, Victor accompagna son maître. De la pièce qu'ils ont dirigée vers la sortie. Ils ont franchi la porte. Dehors, ils se dirigent vers le nord, s'accrochent dans les bois. Même s'il trouvait tout très étrange, le disciple ne voulait pas anticiper.

Ils marchaient pendant trente minutes dans la même direction tout le temps. Le silence prédomine seulement les sons naturels de la forêt. Qu'est-ce qui allait arriver ? Allons-y.

À ce moment, la vision s'arrête au moment où le duo s'arrête à l'extrémité nord du Site. Les deux visages à affronter et leurs yeux se croisent rapidement. Angel prend alors l'initiative :

« Puis-je vous dire quelque chose ?

« Bien sûr. Confortable. (Victor)

« Je t'aime ! (Angel)

« Comment est-ce ? (Victor)

« Cela, je suis désolé. Je t'aime dès le premier moment où je t'ai vu et je ne pouvais plus le supporter étouffé par ce sentiment. (Angel)

« Êtes-vous certain ? (Victor)

« Oui. Si ce n'est pas l'amour, je ne sais pas ce qui est. J'ai découvert ça quand tu as commencé à sortir avec Penelope. J'étais jaloux. Quand tu as retrouvé cette fille, j'avais une plus grande certitude à ce sujet. (Angel)

« Avec tout le respect que je dois vous dire, n'est-ce pas ? Tu ne vois pas que j'ai une petite amie ? On est deux hommes. Tu ne vois pas que c'est impossible ? (Victor)

« Je sais tout cela. Cependant, je ne commande pas mon cœur, et c'est arrivé. Ce n'était pas ma faute. Essayez de me comprendre. Mais ne t'inquiète pas. Je ne vous dérangerai pas, ni ne demanderai quoi que ce soit. La seule chose que je veux savoir c'est ce que tu ressens pour moi. (Angel)

« Je... Je ne sais pas comment dire ça. Je t'aime aussi. Cependant, je voudrais dire clairement que je ne prendrais jamais une relation comme celle-ci parce que je ne ferais pas face à une société comme la nôtre. Je veux me marier et avoir des enfants. (Victor)

« Je comprends. Mais puisque tu m'aimes aussi, puis-je te demander trois choses sans compromis ? (Angel)

« Tu peux le faire. (Assuré Victor)

Angel prit le sac à dos, l'ouvrit et de l'intérieur prit un plantement d'un arbre connu dans la région. Avec un signe, il a demandé à Victor de s'approcher et de procéder :

« D'abord, je veux que tu m'aides à planter cet arbre.

« C'est bon. (Victor)

Aidé par les mains, les deux creusés un peu. Quand le trou est devenu suffisant, les deux plantaient ensemble les plants. Ensuite, ils couvrent la fin du sol. Angel a poursuivi :

« C'est notre arbre. C'est le symbole de notre amour. Qu'elle grandisse, se reproduise et brille. Même quand elle meurt, nos sentiments resteront.

"C'est merveilleux. C'est notre secret. Quelle est la deuxième requête ? (Victor)

« Reste avec moi. Pour une fois. (Angel)

« Que veux-tu dire ? Dans quel sens ? (Victor)

« Sexe. (Angel)

« Ça pourrait l'être. Comme tu fais avec un autre homme ? N'est-ce pas dangereux ? (Victor)

« Ce n'est rien. Simple. (Angel)

« Où ? (Victor)

« Ici. Cet endroit est désert. On fera attention. (Angel)

« Allez, alors. (Victor)

Les deux se gardaient dans la grosse. Quand ils se sentaient en sécurité, ils ont enlevé leurs vêtements et changé de caresse. Avec une bonne préparation, ils s'aimaient à leur façon. Un qui prend soin de ne pas blesser l'autre.

À ce moment, plus que le plaisir, ils se sentaient un sentiment fort, incroyable et puissant. Même en allant contre la moralité et les conventions sociales de l'époque, c'était beau et vrai. Après tout, le sexe n'est qu'un détail quand tu aimes vraiment.

À la fin de la relation, ils se reposaient un peu. Un peu plus tard, ils se mettent sur leurs vêtements et revinrent au même point qu'auparavant. Le chef reprend la conversation :

« Ma troisième demande est que tu ne restes jamais loin de moi. Permettez-moi d'être tout le temps là. Je vais te protéger et t'aimer en secret.

« Tout va bien. Tant que tu ne me rends jamais ridicule. (Victor)

« Bien sûr. Ça ne pourrait pas être autrement. (Angel)

« Autre chose ? (Victor)

« Non. (Angel)

« Alors je pense qu'il vaut mieux revenir, donc nous ne suspicions pas. (Victor)

Angel est d'accord. Les deux font leur chemin dans environ 30-5 minutes. Quand il arrive chez Victor, Angel ne fait que de l'eau. Dis au revoir aux autres et sortez. Alors, reprends ton adresse.

Sans problèmes majeurs, il suit la voie en paix avec une conscience claire. Tu étais content ? On pourrait dire oui. Du moins, en partie parce que j'avais pris la bonne décision. Il avait vécu des moments incroyables à côté de son amour qu'il garderait pour toujours. C'est la vie. Une séquence de moments qu'on ne peut pas perdre. On se voit dans le chapitre suivant, lecteurs.

2.40- Une nouvelle réunion

Il y a un peu de temps. On était exactement au début de la semaine, une seconde. C'était la fin de février (1914) et sur les personnages en question demeurent les mêmes : le travail se poursuit, l'école et les paires d'amour sont les mêmes, bien que nous ayons des déclarations et des rencontres bombardiers. C'était à propos du moment.

À partir de la journée, les personnages se préparent pour la première activité de la journée : Allez à l'école. Dans 30 minutes, ils sont prêts et partent pour leur destination. Comme on l'attendait, ceux qui vivaient sur le site Fundão sont partis bien plus tôt.

Cependant, ils arrivent comme ceux de la ville. Quand ils se rencontrent, ils se saluent rapidement. Quand la cloche sonne, ils entrent dans l'institution. Chacun se rend dans son salon et à son arrivée, ils s'installent dans les sièges respectifs. Ils attendent un moment et avec l'arrivée du professeur, les cours commencent.

Tout au long du matin, entre les classes et l'entraînement, ils s'efforcent d'étudier les disciplines du temps et le travail se révèle fabuleux. Avec chaque nouvelle découverte, les mutants ont expressément pris conscience de leur rôle dans une société injuste et préjugée du début du XXe siècle. Continuons le récit.

A la fin des classes, le groupe de vigilants se réunit à nouveau. Le chef d'équipe invite les disciples à sucer une position à côté d'un marcheur de rue qui a travaillé à côté de l'école. Tout le monde accepte. Ils vont immédiatement là. À leur arrivée, ils passent les ordres à l'agent. Peu après, ils sont servis. Ils font le paiement et nourrissent tranquillement. Quand ils deviennent libres, le Chaman saisit l'occasion pour passer un message urgent. Il parle doucement et discrètement :

« Demain est la journée. Tu es prêt ?

« Oui. Quelle est la mission ? (Victor)

« De quoi s'agit-il ? (Raphaël)

« Où et à quelle heure ? (Marcela)

« Vous partez tous ? Pénélope

« Prêt toujours. (Romão)

« Eh bien, répondant à tous, notre première performance sera dans le village de Cimbres. Comme vous le savez, il y a le corral électoral du major Cléber Pereira. Demain, c'est le jour de la perception de la pièce, une sorte d'impôt. Notre rôle est essentiellement de faire peur aux collectionneurs en défendant les citoyens. Ça doit finir parce que c'est injuste. Qui est qualifié ? (Le Maître)

« Combien peuvent-ils aller ? (Victor)

« Maximum deux. Ils doivent aller à l'abri et s'habiller strictement pour ne pas susciter des soupçons. (Angel)

« Choisissez-vous, maître. C'est plus juste. (Rafael suggéré)

« D'accord. Je choisis Marcela et Victor. Vous êtes d'accord ? (Angel)

« Oui. (Les deux)

« À quelle heure ? (Marcela)

« Une source fiable m'a informé qu'à partir de 16 h. Une heure avant, tu restes dans la surveillance. Quand les collectionneurs arrivent, il est temps d'agir. Soyez ferme, mais ne blessez personne. (Angel)

« Compris. Quant aux autres ? (Victor)

« Ils vont rester à ma maison un peu plus dure. (Angel)

« Quelle excuse donnons-nous à nos parents ? (Pénélope)

« Étude de groupe. Comment ça ? (Angel)

« C'est génial. Bonne idée. (Romão)

« Eh bien, c'est tout. Ils sont clairs. À plus tard. (Angel)

« Je suis désolé. (Les autres)

Tout le monde va chez eux. Leur état actuel est courant : beaucoup nerveux et agités. Quand ils arriveront, ils effectueront d'autres activités pour le reste de la journée. Que se passerait-il ? Continue, lecteurs.

2.41-Début de l'opération

Quand le jour commence, les personnages commencent à remplir leurs obligations normales. Ils se lèvent, s'étendent, se baignent, portent des vêtements propres, préparent et mangent le petit-déjeuner, brosse leurs dents et se dise au revoir. Quand ils sont prêts, ils partent pour la destination de l'école. Chacun devrait suivre une route unique. Ils le faisaient avec joie, amusement et tranquillité quotidiennement. Sans difficultés majeures, tout le monde arrive à l'heure prévue et quand la cloche sonne, ils ont accès aux chambres.

Immédiatement, les cours commencent. Pendant le temps prévu pour les activités, les étudiants (surtout les mutants) essaient très durement. En général, leur performance était satisfaisante. Chaque jour, de nouvelles informations sont ajoutées à leur liste de valeurs. L'école n'a dû s'ajouter à leur vie, et c'était une occasion très rare face aux difficultés du temps.

À la fin, ils ont l'occasion de se rencontrer à nouveau. Le commandant saisit l'occasion pour clarifier certaines questions :

« Êtes-vous prêt ?

« Oui. (Tous en chœur)

« Avez-vous dit à vos parents ? (Angel)

« Oui, et nous avons donné l'excuse suggérée. (Prononcé Penelope)

« D'accord. Alors, suivez-moi. Sauf Marcela et Victor qui doivent partir pour Cimbres immédiatement. (Angel)

Les disciples obéissent au maître. Ensemble, ils commencent à faire le voyage à cheval monté en paires. Depuis le quartier de la prairie où ils passeraient par le centre, prendre la route principale et monter la chaîne de montagne Ororubá. De là, ils auraient accès au plateau. Ils se séparèrent à mi-chemin, sur le détour à Cimbres.

Pendant l'adieu, tout le monde se salue avec des câlins et des baisers. Cette attitude démontre l'unité du groupe qui était vraiment spectaculaire. Dans la séparation, alors que Marcela et Victor sont destinés à Cimbres pour la première mission, les autres se dirigent vers la place Fundão. Suivez les premiers.

Les deux avancent sur la route déficitaire à grande vitesse et parlent à peine en route. Depuis qu'ils se sont rencontrés, il y a toujours eu une barrière entre eux bien au-delà du respect. Maintenant, le fait que vous soyez ensemble pourrait être une excellente occasion de lier et c'était la volonté intime des deux.

Après avoir terminé cinq cents mètres, Victor ne se contenta pas d'initier timidement une approche.

« Tout va bien, Marcela ? Le voyage va bien ?

« Tout va bien. Et toi ?

« D'accord aussi. Avez-vous déjà exposé vos plans pour l'action ? (Victor)

« Plus ou moins. Je ne saurai pas avant d'être à l'heure. Après tout, c'est ma première fois dans ce genre de choses. (Expliquée Marcela)

« C'est ma première fois aussi. Même avec peur, j'ai beaucoup perfectionné mes techniques et je me sens confiant. Si tu as besoin de couverture, dis-moi. (Victor)

« Merci, merci. Mais ne pense pas parce que je suis une femme, je suis un sexe fragile. (Marcela)

« Et je ne sais pas ? J'ai une petite amie qui est une bête. (Victor)

« Je suis d'accord. Mais en plus d'être une bête, c'est aussi une personne douce. Fais attention à ne pas lui faire de mal. (Marcela)

« Bien sûr. Je ferai attention. Ton petit ami est aussi des gens bien et convaincant d'ailleurs. (Noté Victor)

« C'est vrai. On apprend à se connaître. J'espère que ça marche. (Marcela)

« Ça va marcher. Je suis en train de t'enraciner. (Victor)

« Merci, merci. Le même souhait pour toi et ton ami Penelope. Le village de Cimbres est-il encore loin ? (Marcela)

« Dans 15 minutes, nous serons là. Où veux-tu aller en premier ? (Victor)

« Je suis famine. Y a-t-il un pub là ? (Marcela)

« Il y en a deux. J'ai faim aussi. Je suis d'accord pour reconstituer mon énergie. Alors nous pensons aux autres étapes. (Victor)

« C'est comme ça que tu parles. (Note Marcela)

La conversation s'arrête immédiatement. Les deux continuent sur un trot rapide et sur la route. Comme on l'attend, les premières maisons apparaîtront bientôt. Peu après, l'aspect du village. Avec le savoir qu'il avait, Victor emmène son ami au pub qui servit bon marché et bon repas. Ils aimaient les aliments typiques de la région.

À leur arrivée à l'enceinte, ils s'asseyaient sur les chaises autour d'une table disponible. Comme il était déjà 13 h 30, le mouvement n'était pas intense. Immédiatement, ils évaluent le menu et les prix disponibles dans un carnet. Quand ils parviennent à un consensus, ils demandent quelque chose à manger et à boire.

Pendant qu'ils attendent, ils reprennent la conversation amicale.

« Qu'avez-vous pensé de Cimbres ? (Victor)

« J'aime ça. C'est un village calme malgré son importance historique-culturelle pour notre municipalité. J'ai l'intention de venir ici plus souvent pour un tour. (Marcela révélé)

« D'accord. J'aime bien ici aussi. Je viens de temps en temps parce que j'ai des parents qui vivent ici. (Victor)

« C'est bien. Et si on allait les voir ? (Marcela)

« C'est une bonne idée. Ce n'est pas le meilleur moment, mais c'est toujours bon de revoir la famille. (Victor)

« Si vous lui donnez du temps, je veux aller à travers les lieux principaux ici pour atténuer la tension. (Marcela)

« Je comprends. C'est notre première performance. Je me sens mal aussi. Mais puisque nous acceptons ce rôle, nous vous honorerons comme il devrait l'être. (Victor)

« Soutenu. (Marcela)

L'émotion prend le moment et les deux s'embrassent dans un geste d'affection et de complicité. Deux guerriers tenteraient de représenter le groupe de vigilants dans l'arrière-pays dans la lutte contre les exigences du temps de la meilleure façon possible. Ça marcherait ? Continuons à suivre le récit.

Le câlin est défait. Dans quelques instants, ce que vous avez demandé est suffisant. Ils commencent ensuite à se nourrir et se concentrent seulement sur cela. Pendant vingt minutes, ils reconstituent leurs énergies silencieusement brisées parfois par des bruits extérieurs. Mais rien ne gênerait le moment.

À la fin, ils se lèvent, payent la facture et partent finalement. En route, ils passent par la porte et se combinent déjà pour marcher un peu parce qu'il était encore assez tôt. Parcourant des points stratégiques tels que le Sénat de la Vieille Maison, les maisons historiques et la célèbre Église Notre-Dame des Montagnes, les deux absorbent tout l'aspect imposant de l'endroit. Ils ont l'impression qu'ils vivaient il y a longtemps, dans les jours de gloire de l'endroit. Cette route a été expliquée étape à pas par Victor, qui a servi de guide pour le nouveau venu Marcela.

À la fin de la tournée, ils se dirigent vers la maison de la famille de Victor. Il y a vécu ses cousins Bartolomé et Angelica. Comme tout à Cimbres était proche, en moins de cinq minutes, ils se retrouvent déjà à l'extérieur de leur résidence frapper et appeler. L'insistance des deux les rend déjà servis dans quelques instants. L'Angélica le fait. Reconnaître le jeune Victor l'embrasse immédiatement. L'émotion prend le contrôle des deux.

« Quels bons vents vous amènent ici, Victor ? Quelle belle jeune fille vous accompagne ? (Angelica)

« Merci, cousin. On passait juste, et on a décidé de vous rendre visite. Voici Marcela, un ami. Où est le cousin Bartolomé ? (Victor)

« Il est là-dedans. Enchanté, Marcela, je m'appelle Angelica. Mais que fais-tu encore ici ? Allez, monte. (Angelica)

Les deux ont remercié et accepté l'invitation. Comme la porte était entrouverte, ils sont entrés sans cérémonie. Accompagné par l'hôtesse, ils atteignirent le salon. Là, ils rencontrent Bartolomé. De nouvelles présentations et salutations ont été faites. Après, ils se sont installés dans les sièges respectifs. Immédiatement, une conversation joyeuse a commencé entre les quatre.

"Comment va ta mère ? (Angelica)

"Aussi possible. J'espère que je ne te décevrai pas. (Victor)

"Bien sûr. Ton père te manque tellement ? (Angelica)

"Beaucoup. Mais peu à peu, nous sommes conformes à la volonté divine. (Victor)

"C'est comme ça que ça devrait être. J'ai aussi souffert de la mort de mon père, mais le temps aide à guérir les blessures. C'est vrai que je ne l'ai jamais oublié, mais j'ai appris à ne pas pleurer tout le temps. La mort en fait partie. (Bartolomé)

"Des mots sages, Votre Bartolomé. Je n'ai pas encore perdu mes parents, mais je pense que je ferais pareil. (Marcela)

"Ne vous étonnez pas, Marcela. Demandez à Dieu assez de temps pour profiter de leur sagesse et de leur présence, quelque chose que je n'avais pas avec mon père. (Conseil Victor)

"De quelle famille êtes-vous vraiment, Marcela ? (Angelica)

"Ma famille est très courante. Je suis dos Silva et Santos, fille d'Ademário et Joana. (Marcela)

"Je n'en ai jamais entendu parler. Mais je me suis rendu compte que ce sont des gens bien. (Angelica)

"Merci, merci. Tu es médium ? (Marcela)

"Tu pourrais dire que je sens des choses. Je dois donc vous avertir que le chemin que vous commencez est très épineux et dangereux. Soyez très prudent, parce que quelqu'un pourrait être blessé. (Angelica)

"Que voyez-vous spécifiquement, cousin ? (Intéressé Victor)

"Je ne peux pas parler. Soyez prudent et utilisez votre libre arbitre correctement. (Angelica)

"C'est bon. (Victor)

"Peu importe les garçons, écoutez Angelica. Elle a une vaste expérience dans ces domaines. (Bartolomé guidé)

"Compris. On fera attention. (Marcela)

"Tu veux manger ou boire quelque chose ? (Demande Angelica)

"Non, merci pour ta gentillesse. On doit y aller. N'est-ce pas, Victor ? (Marcela)

"C'est vrai. Merci, cousins, pour votre hospitalité. Quand tu veux nous rendre visite, ma maison sera toujours ouverte. (Victor)

"Merci, merci. Les professions sont nombreuses, mais un jour, nous avons un peu de temps. (Noté Bartolomé)

"Rends mes salutations à ta mère, Filomena. Marcela, enchanté de vous rencontrer. (Angelica)

"Merci, merci. À plus tard. (Victor)

"Merci aussi. C'était un plaisir. (Marcela)

"Je suis désolé. (Angelica et Bartolomé).

Victor et Marcela se dirigeaient vers la sortie. Avec quelques pas, ils ont déjà franchi la porte. Dehors, à une distance sûre, Victor prit le bras de son compagnon d'aventure et lui demanda :

"Pourquoi cette hâte s'il reste encore plus d'une heure à notre mission ?

"Son cousin est très étrange et les choses qu'elle a dites ne m'ont pas plaidé du tout. (Explique Marcela)

"Je comprends. Mais ne lui fais pas une mauvaise impression. C'est une personne géniale. (Victor)

"Tout va bien. Ne vous inquiétez pas, je reviens tout de suite. Et si on allait à l'église un moment ? Nous pouvons prier et ensuite jeter nos ennemis devant elle. Qu'en pensez-vous ? (Marcela)

"C'est une bonne idée. Je saisis cette occasion pour demander mes proches décédés. (Victor)

"On y va alors ? (Marcela)

"Oui. (Victor)

Les deux se dirigeaient vers la destination combinée extrêmement anxieuse. Avec dix minutes de marche vigoureuse, ils arrivent. Ils montent le petit escalier, passent par la grande porte et entrent enfin dans le sanctuaire. Humblement, ils approchent de l'autel. Dans un acte de révérence, ils s'agenouillent devant le Très Saint et le saint patron local. Ils profitent de l'occasion pour placer leurs demandes et prières en prenant une durée totale de quinze minutes. À la fin de cette période, ils portent des masques, se lèvent et conduisent la sortie. Désormais, le destin était jeté et sur le point de se révéler.

Dehors de l'Église, les deux sont assis sur l'escalier. A partir de ce moment, ils regardent tout le village à la recherche des méchants. Que se passerait-il ? Continue à faire attention, lecteurs.

Après quarante minutes d'attente (en avance du calendrier) apparaît enfin les collecteurs. Le gang autoritaire frappe aux portes qui facturent des impôts et qui embêtent les résidents à la demande du major local.

Immédiatement, Victor et Marcela focalisent. Quand ils deviennent invisibles, ils volent vers eux. Quand ils se rapprochent, ils se matérialisent et prêchent grande peur pour vos rivaux. Tout comme ils se préparent à une autre charge.

"Arrête ! Sinon, ils se verront. (Victor menacé)

"Qui êtes-vous ? (Demande à Orlando, un des collectionneurs qui étaient au total trois)

"Nous sommes de bons dieux. Si tu n'arrêtes pas de déranger les habitants, tu auras de sérieux problèmes. (Marcela)

"Dieux ? C'est une blague ? (Henrique, chef des collectionneurs)

"Voyons si les dieux sont la preuve de la preuve. (Helium, le troisième collecteur)

Puis une séquence de tirs est entendue quitter les résidents de suite. Ce serait le début d'une guerre dans cet endroit tranquille ?

Heureusement, personne n'avait été blessé. Comme Marcela lisait dans les esprits, elle avertissait Victor par télépathie que, en utilisant ses pouvoirs mentaux, il détournait les projectiles afin que personne ne soit blessé.

Plus tard, Victor était furieux. Pour donner une leçon à l'insolent, il a causé une petite tempête de sable. Le nuage de poussière enveloppa les adversaires et les fit jumeaux dans l'air. Au final, il les a laissés paralysés à environ 30 pieds de haut. Il a ensuite pris la parole :

"Dis un mot d'indignation et je te laisse tomber. (Victor menacé)

Les adversaires, tremblant de peur, plaidé par le chef :

"Non, s'il te plaît, laisse-nous partir. On n'a rien à voir avec ça. On est juste les bites du Major. Il est responsable.

"C'est vrai, Victor. Désolé pour eux. (Demande Marcela)

"C'est bon. Cependant, il y a l'avertissement : Dites au major de suspendre cette charge ou vous devrez nous voir. (Victor)

"Nous le promettons. Prévenons-le aujourd'hui. Maintenant, laissez-nous partir. (Henry)

"Tout va bien. Allez, espèce de ver. (Victor)

Cela dit, Victor les transporta au sol pour les libérer du calme. Les rivaux ont couru chercher les chevaux. Ils les ont montés et sont partis. Ils se dirigeaient vers la ferme du Major à l'ouest du village.

Pendant ce temps, il en reste encore deux. Au cours de leur vol au-dessus du village, ils ont reçu une douche d'applaudissements des habitants. À ce stade, ils étaient fiers du rôle qu'ils avaient joué. Le destin serait-il de devenir des super-héros ?

Cette question ne peut être clarifiée qu'à l'avenir. Pour l'instant, ils seraient prudents de toutes les manières. Après tout, ce n'était que le début de la mission et ils ne savaient pas quelles proportions cela allait arriver.

Pensant à ça, toujours au village, ils descendent et ramassent les chevaux. Ils montent et trottent sur la route principale vers la sortie. Alors que vous restez à distance sûre et assurez-vous qu'il n'y avait personne, enlevez vos masques et continuez à marcher tranquillement.

À son arrivée au détour, Victor descend et dit au revoir à Marcela. Il devient invisible et part pour la résidence du maître. Le reste du groupe l'attendait là. Marcela, de l'autre, devrait rentrer chez lui immédiatement pour ne pas susciter des soupçons ou être pénalisés par des parents qui étaient assez stricts.

On se voit dans le chapitre suivant, lecteurs.

2.42-Réunion

Victor est enfin là. Il s'approcha de la porte, frappe fermement et attend un moment. Les moments plus tard, il est enfin assisté par l'hôte. Ensemble, ils entrent dans la maison rejoignant le reste du groupe dans la pièce. Ils s'installent dans les sièges disponibles avec la conversation commençant par anticipation et nervosité de ceux qui attendent des nouvelles.

« Comment était-il là-bas ? Avez-vous réussi à la mission ? (Angel)

« Oui. On est résistants, mais on gagne et on montre qui est le patron. Finalement, nous avons envoyé un message au major. Attends. (Victor)

« D'accord. Il faut toutefois rester concentré, être prudent et être conscients que ce n'est qu'un début et que nous ne garantissons rien. (Angel)

« Et Marcela ? Qu'est-ce qui t'arrive ? Pourquoi n'es-tu pas venu ? (Demande Pénélope)

« Elle a dû rentrer chez elle pour éviter une plus grande inquiétude de ses parents. (Victor clarifié)

« C'est génial. Quelle est la prochaine étape, maître ? (Romão était intéressé)

« Attends la réaction. Le major est susceptible d'utiliser ses moyens pour retrouver le sol. Quand il le fera, on sera à l'écart. Le combat a commencé, messieurs ! (Angel)

« Un pour tous et tout pour un ! (Victor complet)

« Contre l'injustice, la corruption, les démembrés et le citoyen du bien ! (Rappelé Romão)

« Avec la dignité, la clarté et la transparence, toujours amis ! (Pénélope)

« Pour la droite et pour le juste ! (Rafael)

« J'adore. Pour l'instant, ils sont clairs. Tout nouveau, je vais aller à l'école, d'accord ? (Angel)

« Oui. (Tous)

Un par un ils disaient au revoir et partaient pour leurs adresses respectives. A la fin, Angel est seul à parler à ses boutons. Votre projet fonctionnerait-il vraiment ? Pourraient-ils transformer une réalité aussi consolidée ? Seraient-ils heureux à la fin ? Seul l'avenir montrerait une bonne direction pour ces questions et d'autres. Pour l'instant, il était confiant par l'engagement et le dévouement de chacun. Il était fier de son groupe, il fonde avec ses partenaires Victor et Rafael, les célèbres frères Torres.

2.43-Rebond et réaction

Après l'humiliation publique imposée par les mutants, les collecteurs d'impôts arrivent enfin à la maison de ferme de Cimbres après quinze minutes de bizutage vigoureux. Un peu ennuyeux, ils se rapprochent et tirent contre la porte. Puis ils l'ont frappé dur à crier pour être remarqués.

Dans cinq minutes, il s'ouvre. Une jeune femme noire mince nommée Marie, serviteur de la semence, apparaît. Après les compliments, elle les dirige vers une salle réservée où le patron les recevait.

Quand le serviteur se retire, la porte se ferme et le major se met à tête avec ses subordonnés. À ce moment, leurs yeux se croisent et le major commence la conversation.

« Comment était la mission ? Tout a marché ?

« Pas bien. Deux personnes masquées ont été interceptées avec de grandes puissances qui menaçaient de nous détruire si nous n'arrêtions pas la charge. (Henry).

« Comment est-ce ? Comment étaient ces deux gars ? (Cléber Pereira, major)

« Apparemment, l'un était un homme et l'autre était un homme et l'autre était un homme. Ils se sont appelés des dieux de bien. (Hélium)

« C'est un problème. Vous connaissez d'autres détails ? (Cléber Pereira)

« Non. Ils sont imprudents, et ils sont contre nous. (Orlando reporté)

« D'accord. Je vais trouver quelque chose. Pour l'instant, vous êtes licencié. (Cléber Pereira)

« C'est bon. Allons-y ? (Henry)

« Oui. (Les deux autres)

Les trois d'entre eux se retirèrent de la pièce où ils étaient et laissèrent seul le grand Cimbres. Que serait votre empire avec la présence d'adversaires dangereux ? Continuons le récit.

2.44-L'idée

Après trois heures d'analyse du cas, le major a finalement une idée de la façon dont il pouvait réagir. Il appelle un messager et lui donne la tâche d'avertir ses complices (Autres autorités et sorcière) d'une réunion prévue d'urgence pour la fin de cette semaine parce qu'ils seraient probablement moins occupés.

Vu le message, le messager est parti. Avec cela, un espoir se rafraîchit dans le cœur de Cléber. Il faudrait trouver une solution pour arrêter les performances de leurs troubles imposants et continuer à pratiquer des injustices, garder leurs avantages dans ce système qui a été si juste pour leurs intérêts.

Il ne restait plus qu'à attendre le jour de la réunion qui se tiendrait le dimanche.

2.45-Le jour

Exactement cinq jours doivent partir. Selon la demande du major de Cimbres (Cléber Pereira), il apparaît tôt à sa ferme ses principaux compagnons : Monsieur Soares (colonel de Carabais), le major Quintino, de Mimoso et la sorcière Esmeralda, aussi de Carabais.

Comme d'habitude, Marie accueille les visiteurs et les accompagne dans la chambre spacieuse de l'endroit où Cléber les attend déjà. Arrivant à l'enceinte, tout le monde se salue et s'installe sur des tabourets en bois disposés en cercles. Rester au centre, l'hôte prend l'initiative :

Ma chère, je suis content que vous soyez venu. La raison pour laquelle vous êtes ici est extrêmement urgente. Je veux une opinion de vous : Comment arrêter ces êtres ? (Cléber)

« Oui, j'en ai entendu parler. Tu as essayé de les tuer ? (M. Soares)

« Mes subordonnés le font. Mais ça n'a pas marché. (Cléber)

Que veulent-ils ? (Major Quintino)

« Je ne suis pas certain. Cette fois, ils ont essayé d'arrêter la perception des impôts. (Cléber)

« Alors c'est un grave problème de ma chère. Nous avons besoin de cet argent pour payer nos dépenses. Des suggestions ? (Major Quintino)

« Je ne l'ai pas. Si les balles ne peuvent pas les frapper, que peux-tu faire ? (M. Soares)

« Que voyez-vous, sorcière ? (Cléber)

« Il y en a beaucoup. Ils ont des cadeaux spéciaux et sont décidés. Ils veulent détruire le réseau de faveurs. Il a une grande chance de réussir à moins que.... (Emerald)

« Continuez. Ça nous intéresse beaucoup. (Major Quintino)

« Nous pouvons essayer de les combattre en utilisant la force de magie noire. Cependant, nous avons besoin de six volontaires qui compromettent votre âme. (Esmeralda révélée)

« Ce n'est pas un problème. Je vais te le chercher. (Cléber garanti)

« Est-ce que cela donne vraiment des résultats ? (M. Soares)

« Ça dépend. Nous allons commencer la grande bagarre et que le meilleur gagne. (Emerald)

« C'est ça, c'est ça. Alors c'est juste par là. Cléber obtient des gens et nous réagissons. Par curiosité, comment cela se passera-t-il ? (Major Quintino)

« Nous allons faire un rituel à 24 h 00 à l'intérieur d'un cimetière. Ça doit être une soirée de lune comme demain. Tu as des gens, et je m'occupe du reste. (Emerald)

« Fait. Si tu veux, tu peux rester comme invité, Esmeralda. Je vais convaincre les élus et mettre notre plan en pratique. (Cléber)

« J'accepte. (Emerald)

« Puisque tout est décidé, je vais y aller. J'ai mon corral à m'occuper. J'attends des nouvelles. (Major Quintino)

« Moi aussi. (M. Soares).

Les deux partis quittent Cléber et Esmeralda pour s'occuper des détails. Ça marcherait ? Continue, lecteurs.

2.46-*Le rituel*

Le même jour, le major Cléber Pereira, par un messager, a convoqué six subordonnés. Parmi eux, les collecteurs d'impôts mentionnés déjà et les trois autres ouvriers fidèles à leur cause deux femmes. Quand ils arrivèrent, il les rencontra comme toujours dans la salle réservée. Il a expliqué la situation et s'ils acceptaient de se battre pour lui dans cette grande guerre qui avait commencé, ils auraient de nombreux privilèges, avantages et considérations de leur part.

Compte tenu de la bonne offre, ils ont accepté. En séquence, le Major les invite à la cérémonie de consécration à la cause qui doit se tenir au cimetière local. Même s'ils trouvaient l'endroit bizarre, ils étaient d'accord. Ce qu'ils ne savaient pas, c'était que le prix qu'ils allaient payer était trop élevé, et cela ne valait pas le coup.

Un jour passa et un autre est né. Dès le début, les personnages impliqués dans leurs activités de routine sans qu'aucun fait ne dénotent une anomalie. Le matin, puis il est passé. À midi, ils ont déjeuner. Ensuite, d'autres activités commencent dans l'après-midi. Le soir, ils dînent avec le temps passant très vite. Le moment est venu. Enfin, le groupe de mutants maléfiques se rassemble à la ferme de Cimbres. Celui-ci, appartenant au major Cléber Pereira.

Quand il approche du calendrier et tout le monde est prêt, le groupe part enfin. Il est composé des personnes suivantes : Henrique, Hélio et Orlando (collectionneurs), Patricia, Clementina et Romeo (ouvriers manuels), Esmeralda et Cléber (patrons et compagnons).

Le sentier est roulé lentement parce qu'il était déjà assez tard et le seul éclairage disponible était celui d'une lampe, que Esmeralda portait. Même ainsi, l'animation était grande de ceux qui pensaient devenir super puissants et inaccessibles. Ils ont demandé des explications de Maître Esmeralda. Elle essayait dur de ne pas clarifier. Ils se rendent compte de leur attitude, ils décident seulement d'attendre. Quelle attente atroce !

Dans 20 minutes, ils complètent la route. Ils se faufilent dans le cimetière et se déplacent au centre, en suivant la direction du maître. En arrivant au bon point, Esmeralda les élimine dans le cercle. Avec un bâton attire les limites qui ne pouvaient pas être franchies. Puis verse un liquide étrange sur eux, prend son collier et son livre magique commençant à réciter des prières noires involontaires. De l'extérieur, les montres principales.

Avec cinq minutes de concentration, le cercle attrape le feu. Immédiatement, personne ne peut vous approcher ou vous dépasser. La sorcière crie et le symbole de Satan apparaît avant tout. Le symbole se déplace entre eux et dépasse les corps de tous les mutants. À la fin du cycle, les extincteurs et les sorcières se sont évanouis. Les mutants de la mauvaise face. Chacun reçoit un pouvoir.

Henry se transforme en démon avec deux belles ailes ; l'hélium reçoit le pouvoir sur le feu ; Orlando domine le matériau terrestre ; Patricia est maître en télé ; Clementina reçoit des pouvoirs sur le temps et Romeo est doté d'une force spectaculaire. Chacun est satisfait et saisit l'occasion pour tester la limite de ses pouvoirs.

Dans le dernier instant, Esmeralda se réveille. Rejoignez le Major, félicitez tout le monde. Passez un conseil aux disciples. Depuis qu'il était trop tard, virez tout le monde. Ils retournent chez eux. Le lendemain, la sorcière reviendrait à Carabais pour aider M. Mr. Soares. Et après ? Que se passerait-il ? Une guerre sans précédent et passionnante serait combattue entre les deux groupes rivaux à une époque dominée par les élites, la corruption, l'autoritarisme et pleine d'injustices. Continuons à suivre attentivement les faits.

2.47-Le deuxième tour

Avec le succès du projet au cimetière et la formation conséquente du groupe de mutants maléfiques, le prochain but était la formation appropriée à préparer pour l'affrontement avec le groupe de vigilants.

À l'unanimité, chacun serait responsable de son développement. Quand ils étaient prêts, ils répondaient à l'humiliation qu'ils souffraient. Et ainsi, ils l'ont fait. Jour après jour, ils ont fait des activités liées au travail et à la formation. Après trois mois, ils ont atteint leur but.

Immédiatement après le fait, ils ont organisé une rencontre avec le chef du groupe, le Major. Il se tiendrait à 14 heures du même jour à la ferme de Cimbres.

Au lieu et à l'heure combinées, les membres des mutants maléfiques assistaient bien reçus. On les a mentionnés comme d'habitude. Quand ils sont arrivés, ils ont contacté Cléber. Ils ont planifié les prochaines étapes et discuté de diverses questions en près d'une heure d'audience. Ils ont décidé de répondre rapidement, qui incluait la déclaration d'impôt. Je me demande s'ils pourraient le faire.

Y compris la déclaration d'impôt. Je me demande s'ils pourraient le faire.

Les nouvelles ont été répandues que la perception de la taxe de la chambre rendrait les justiciers en avis. Ils ont donc décidé de faire une enquête rapide qui a révélé quelques détails importants comme l'heure, l'emplacement et les participants.

Angel, avec les autres membres de son groupe, décida de réagir en envoyant trois de ses représentants. Cette fois-ci, en plus de Marcela et Victor, Romão participera également. C'était le trio parfait pour affronter les adversaires.

Habillés strictement et portant des masques, les deux groupes rivaux se sont rencontrés au même endroit l'autre fois dans le village de Cimbres. Cette fois, les collectionneurs ont utilisé leur force pour éventuellement l'argent des résidents.

Les mutants de bien approchent les adversaires et avant d'utiliser la force, enquêtent les injustes :

« Ne vous avons-nous pas prévenu que les impôts ne devraient pas être plus facturés ? (Victor)

« Nous avons contacté notre patron, et il n'a pas accepté ses conditions. (Expliquée Henry)

« Qu'est-ce qui te prend en tête ? Tu n'as pas vu notre force ? (Marcela)

« Oui. Nous les admirons. Mais je pense que ça va être différent maintenant. (Hélium)

« Pourquoi cela ? Que cachez-vous ? (Romão)

« Nous sommes comme vous, et si vous essayez de nous arrêter, vous aurez une réponse. (Orlando)

« Peu importe. On est toujours les gentils. Les vigilants, combattez-vous ! (Victor)

Après cette déclaration, les mutants du mal se révèlent. Ils volent avec chacun choisissant leur adversaire dans un affrontement à deux sens. Les paires suivantes sont formées : Marcela contre Henry ; Romão contre Helium et Victor contre Orlando.

Le conflit entre les paires commence enfin. La situation est la suivante : le différend est équilibré. Entre Marcela et Henry, l'avantage de la première est de connaître toutes leurs actions à l'avance aidées par le don de la télépathie. L'avantage du second est d'avoir plus de force et d'agilité parce qu'il est homme et démon en même temps. Entre Romão et Helium, bien que cela soit beaucoup plus développé que cela doit toujours être en état de préparation parce que l'autre possède le pouvoir le feu, une arme mortelle. Entre Victor et Orlando, le premier est plus intelligent et le second plus prudent et plus rapide.

Comme ils avaient des caractéristiques si distinctes, tout le monde a lutté pour gagner, mais à la fin de trente minutes, ils ont continué comme au début : Liée. Épuisés, ils descendent sur terre et décident de mettre fin à la question.

Ils retournent ensuite chez eux, avec la situation encore inconnue. Ils n'avaient qu'une certitude : ils devaient s'entraîner plus dur pour quelqu'un à prévaloir. Continue, lecteurs.

2.48-La naissance d'un autre enfant

Le temps passe un peu plus loin. La situation se présentait comme suit : les groupes rivaux continuaient à se faire face et s'ils réussissaient à victoires et à vaincre des deux côtés parce que leurs forces se montaient; les paires aimantes avaient peu de possibilités de coexister mais restaient fermes à leurs fins; Relate le travail et l'étude, les personnages en question se sont de plus en plus nombreux et atteints le but principal de survivre dans une région pauvre, avec un sol fragile et des sécheresses constantes, sans opportunités, oubliées par les autorités et pleines d'inégalités et d'injustices. Plus précisément, les membres de la famille Torres, la mort du patriarche était déjà surmontée. Ils ont avancé même s'ils ne l'ont pas oublié complètement.

La vision se tient au moment même du début des douleurs de Filomena, prévoyant l'arrivée d'un autre membre de la famille. Heureusement, les enfants sont à la maison et vont immédiatement chercher une sage-femme. Vingt minutes plus tard, ils reviennent avec elle et l'aident avec tout ce qu'il faut.

Quand le moment viendra pour accoucher, Victor et Raphaël partent en laissant les femmes seules. Ils vont dans la pièce et attendent des nouvelles. Environ une heure plus tard, ils entendent un bébé pleurer et sont sûrs que tout s'est bien passé.

Ils décident ensuite d'aller dans la pièce. A leur arrivée, ils assistent à une scène merveilleuse : Filomena donnant la première fois à allaiter au nouveau-né. C'était une brune légère, un poids normal et des visages roses.

Les deux se rapprochent de la surveillance du bébé. Je te caresse et je commence une conversation rapide :

« Comment s'appellera-t-on ? (Question Victor)

« Je vais encore réfléchir. (Filomena)

« Et si elle s'appelait Clotilde ? (Raphaël)

« Non, je n'aime pas ce nom. (Filomena)

« Puis-je faire une suggestion ? (Grace, la sage-femme, a intrus)

« Bien sûr, vous êtes déjà de la famille. (Filomena)

« Je pense que le nom de Clara est beau, et je pense que cela correspondrait parfaitement à votre fille. (Grace)

« Clara ? J'ai aimé. (Filomena)

« Le nom Clara est magnifique. (Raphaël)

« Ça pourrait l'être. (Victor)

« Donc, si tout le monde est d'accord, il reste ainsi. Son nom sera Clara. (Filomena décide)

Une fois le nom décidé, tout le monde prend le temps de dorloter les nouveaux membres de Torres. Avec un peu plus de temps, Grace dit au revoir. Rafael continue de s'occuper de sa mère et Victor va travailler.

Plus tard, tout le monde se rassemblerait et célébrerait avec plus de tranquillité ce grand don du ciel qui était la naissance d'un enfant. Continuons le récit.

2.49-*La période de deux ans et demi*

La roue du temps continue de tourner. En bref, je décrirai un peu les faits qui se sont produits dans la vie des personnages principaux dans les deux ans et demi après la naissance de Clara : par rapport aux activités scolaires, les justiciers ont traversé toutes les étapes de l'évaluation, d'autres plus facilement et d'autres moins. Mais tous étaient des gagnants et la fin du cycle junior approchait, sauf pour Romão qui était entré un an plus tard; quant à la bataille des deux groupes de mutants, le groupe de vigilants a réalisé quelques progrès à un prix très élevé, mais était encore loin de l'objectif principal; les paires aimantes restaient, et la nouveauté était le double calendrier de fiançailles entre Marcela et Romão et Victor et Penelope; Le nouveau personnage Clara grandissait en santé et chaque jour enchantait plus de gens autour d'elle. Bref, tout se passait comme prévu.

La date limite continuerait à progresser et apporterait certainement plus de nouvelles. Vous qui êtes avec moi depuis le début du livre, continuez ensemble dans cette vision et promettez que nous découvrirons des nouveaux fantastiques. Allons-y, oui.

2.50-Engagement

Le jour, l'heure et l'endroit combinés (City Club) ont assisté à la mariée et à leurs familles respectives. En plus de ces amis, amis, parents et connaissances précédemment invités. Malgré toutes les difficultés de l'époque, un banquet et accompagnement d'un petit groupe de danse du nord-est ont été préparés grâce à tous les acteurs.

Au milieu des festivités, la mariée et le marié ont échangé des alliances et se sont engagés à respecter, aimer, amitié et complicité. Si tout était bien, on serait bientôt mariés. Ensuite, les célébrations se sont poursuivies avec les autres.

Parmi les activités menées par les personnes présentes, on peut citer la danse, les conversations, le flirt, ainsi que la nourriture et les boissons. Chacun a fait le meilleur usage de l'occasion et promis d'être long.

Trois heures après le début, le groupe a fermé le travail. Alors, chacun est allé dire au revoir. Au final, la mariée et le marié sont partis aussi. L'autre jour, ils poursuivraient leurs activités normales comme d'habitude. Allons-y un peu.

2.51-La dernière tentative

Le lendemain du fait précédent, après avoir appris que son Victor Love avait publiquement engagé à Penelope, Sara a examiné de près la situation : les avantages et les inconvénients. Enfin, il a décidé qu'il serait bon d'essayer une nouvelle approche.

Pour le faire, après une journée normale d'école, il le suivit secrètement pendant longtemps. À la première occasion où la mariée n'était pas proche, il s'approchait davantage et appelait son nom. Victor est tombé dessus. Etant aussi gentil qu'il l'a permis de contacter.

Les deux se saluent et Sara a pris l'initiative du dialogue :

« Je dois vous parler d'urgence. Tu as le temps de m'écouter ?

« De quoi s'agit-il ? (Victor)

« C'est à nous deux. Ça va ? (Sara)

« C'est bon. Vous pouvez partir, puis vous rencontrer (Raphaël et Angel qui l'accompagne) (Victor)

« Allons-nous y ? (Victor)

« Oui. (Sara)

En marchant côte à côte et en ne pas être reconnu, la paire se dirigeait vers un pub voisin. Il y avait un sentiment de nostalgie, de nervosité et d'attente qui volait dans l'air. Ils sont arrivés sur le site dans une marche vigoureuse de dix minutes. Entrer dans le complexe, ils cherchent un endroit vide. Quand ils les trouvent, ils reposent leur corps dans les sièges disponibles.

Ils se rencontrent un instant. Ils profitent de l'occasion pour évaluer le menu mis sur la table. Ils demandent quelque chose à manger et à boire. Au moment où ils sont complètement seuls, le dialogue reprend.

« Oui ! De quoi voulais-tu parler, Sara ?

« De mon amour. Tu sais, Victor, je ne voulais pas que nos sentiments soient vains. J'aimerais que nous ayons l'occasion de mieux se connaître maintenant en tant qu'adultes. Je ne voulais pas être seule à me souvenir de si beaux moments jamais. (Sara s'est déclarée)

« C'est une honte. Mais je voulais faire comprendre que le temps est un autre. Absolument rien ne changera ma décision. Tu dois comprendre que je suis dans un autre. En plus, je suis fidèle. Même si tu es spécial, je veux juste qu'elle soit amie. (Victor)

« Comment peux-tu être si insensible ? Ce n'était pas notre faute. Ça fait envie de baiser, de se câliner et de parler un peu plus quand tu es là ? (Sara)

« Peu importe. On n'est pas seulement deux, on est trois. Penelope est trop bon pour que je lui fasse du mal. Tu ferais mieux de l'oublier tout de suite. Alors cherchez quelqu'un sans entrave. Entre nous, comme je l'ai dit, juste l'amitié. (Victor)

"Si c'est comme ça que tu veux avec une grande douleur, je te promets de le respecter. Cependant, si quelque chose change comme toi de ta fiancée, viens à moi. J'attendrai. (Sara)

"C'est bon. Mais je ne peux rien promettre.

À ce moment, le serviteur arrive avec la nourriture et la boisson demandée. En tant que bons amis, Sara et Victor s'accompagnent. Vingt minutes plus tard, quand ils ont fini de nourrir, ils ont finalement fait des adieux pour reprendre leur chemin à leurs maisons respectives. On se voit dans le chapitre suivant, lecteurs.

2.52-Mariage

La rencontre avec Sara, même involontairement, avait renforcé les sentiments internes de Victor, et il a pris une décision drastique et définitive de ne pas s'écrouler : il s'est rendu à l'endroit, en particulier dans la maison de la mariée. En contactant les parents de Penelope, elle lui demanda de prendre rendez-vous immédiatement.

Le résultat de leur tentative, même si les beaux-parents étaient soupçonnés de la ruée soudaine, était positif parce qu'ils avaient déjà assez d'informations sur leur caractère. Donc, le Mariage était prévu pour une semaine plus tard.

Le temps est passé et la semaine est passée inaperçue. À l'heure et au lieu prévus (la résidence de Victor), seuls les parents de la mariée et le marié et la justice de la paix invités à présider la célébration assistée.

Tout s'est bien passé et a célébré de la meilleure façon possible. Comme convenu, Penelope résiderait à la place de Fundão jusqu'à ce qu'ils prennent une décision définitive. Seraient-ils heureux ? Continuons à le suivre attentivement.

2.53-Changement

Encore un peu de temps passés et l'année scolaire est terminée. Les membres de la première classe terminent la salle de gym. Une semaine après l'achèvement de ce travail, une réunion a eu lieu avec les justiciers. Au bout de cela, Angel a eu une conversation privée avec Victor. Dans ce cas, le chef du groupe a fait une proposition de la même chose : Grâce à ses parents, il voulait ouvrir une bodega dans le village de Carabais et ne voyait pas une personne meilleure qualifiée qu'elle commençait à faire l'affaire devant lui. En outre, ce serait une excellente occasion de centraliser un peu plus les actions du groupe. Pris surpris, Victor a demandé un peu de temps à réfléchir.

Trois jours plus tard, après avoir consulté sa femme et sa famille, il décida d'accepter la proposition. Il était très intéressant d'un point de vue financier et concerne la question de l'expérience. Il se sentait aussi en service d'être justicier. Il communique sa décision au maître qui demande son déplacement immédiat au village pompeux de Carabais.

Immédiatement, grâce à sa famille, Victor a emballé ses affaires. Avec tout ce qui est prêt, s'occupe du loyer du buggy et s'occupe des autres détails. Comme il était déjà tard, j'attendais l'aube de l'autre jour pour commencer le long voyage.

Il est arrivé l'autre jour. Au début, avec l'arrivée du transport, Victor et sa nouvelle femme Penelope ont dit au revoir aux autres. Ils se dirigeaient vers la sortie, et ils ont franchi la porte peu après. Déjà sortis, ils ont monté le véhicule avec leur déchet. Le conducteur nommé Felipe Fonseca a commencé.

Ainsi, commence une trentaine de kilomètres entre la place de Fundão et le village de Carabais impliqués dans un air mystérieux et attente pour les personnes impliquées. Que se passerait-il ? Continuons le récit.

Les premiers mètres parcourus donnent un aperçu de ce que les occupants du transport devraient faire face à ce voyage : une chaleur intense, poussière, outre une fatigue normale et la peur. Cependant, ils ne se plaignaient pas. Au contraire, ils considéraient ce changement de lieu et la vie comme un don de Dieu. Ils allaient prendre sa dent et son ongle. De plus, ils auraient la possibilité de vivre avec plus de vie privée, c'est-à-dire une vraie vie pour deux (comme convenu, ils resteraient dans la maison attachée à l'entreprise).

En avançant sur la route entre le pays sauvage, les occupants du buggy cherchent à se distraire de la meilleure façon possible : ils parlent, collation, hydrate et date. Cela rend le temps passe plus vite. Avant d'imaginer, ils dépassent déjà la moitié de la route après environ deux heures. Cependant, ils ne réalisent pas, par conséquent, que la notion de temps et d'espace a perdu un peu de la notion de temps et d'espace.

Ils continuent. Rien d'inhabituel n'arrive à mi-chemin à travers le reste du parcours. Seule la nervosité, l'anxiété et l'agitation ont augmenté. Ce serait un signe ? Ils ne sauraient que quand les événements se déroulaient, et cela exige la prudence, la patience et la sagesse.

Dans les 7,5 kilomètres restants (7 kilomètres), ils trouvent un autre wagon en direction opposée. Ils font un arrêt rapide où ils accueillent et échangent des informations avec les membres de la même. Puis le voyage reprend. De plus, ils passent par des inconnus à cheval et doivent enlever une pierre géante qui empêche le passage. Dans cette opération, ils perdent 15 minutes. Retirez la pierre, reprenez la marche. Quarante minutes plus tard, ils repéreront enfin le village. Le destin inconnu commencerait à se révéler.

Avec quelques centaines de mètres de plus, le charriage a accès à la première rue de Carabais. Selon les directions des emplacements, ils sont dirigés vers le côté gauche. Vingt maisons ont été dépassées ; elles atteignent l'établissement désiré. Le bogue pour tous les débarquements de sable est reçu par le propriétaire de l'entreprise (Angel, arrivé un jour plus tôt et habiterait également dans le village, dans une maison voisine).

Ils disent bonjour. Le patron fait un point de montrer à chaque coin de sa propriété acquise (avec l'aide de parents, aussi de marchands). En fin de compte, il aide à installer les effets personnels du couple.

Avec cette partie terminée, les hommes tiennent une réunion pour régler les détails de l'accord parce qu'il serait ouvert l'autre jour. Avec beaucoup de débats, ils parviennent à un consensus. Après cette étape, ils déjeuneront parce qu'alors qu'ils luttaient Pénélope avait préparé des aliments spéciaux.

Pendant trente minutes, emballées dans la tranquillité, ils ont la possibilité de se détendre, de se connaître mieux et, par conséquent, renforcé les liens. Après le déjeuner, ils s'occuperont d'autres tâches d'ici la fin de la journée. Le soir, le couple serait seul à profiter de ce moment spécial. Quand ils étaient fatigués, ils allaient dormir, et c'était souvent tôt. Allons-y.

2.54-Inauguration

Toujours tôt, les responsables du projet se réveillent et préparent tout en détail pour éviter des surprises indésirables. Vers 8 h du matin, ils étaient prêts à lancer la tâche ardue de gérer une entreprise sans beaucoup d'expérience. Mais ce qui comptait c'était qu'ils étaient prêts à se battre pour lui.

Quand ils ouvrent leurs portes, ils rencontrent un grand nombre de personnes, le résultat du travail effectué par Angel dans le village une semaine avant. Avec un sourire sur le visage, les deux partenaires accueillent les visiteurs. A l'époque, présentez les locaux du lieu, des produits et des prix en compte des clients captivés. Cette stratégie semble fonctionner parce que le mouvement est intense tout au long de la matinée.

Lorsqu'ils se terminent pour le déjeuner, ils procèdent rapidement à une évaluation de leurs efforts et le résultat est positif. Ils conviennent d'un accord commun pour poursuivre la diffusion massive non seulement dans le village mais aussi dans les sites et les villages voisins parce que comme le dit le mot "La publicité est l'âme des affaires".

Un instant plus tard, ils vont déjeuner. C'est un moment agréable d'intense union familiale qui dure environ trente minutes. Après, reposez-vous. L'après-midi, ils rouvrent la bodega. Comme le matin, le mouvement est bon et le talent des vendeurs est loué. Une grande partie des actions est vendue à la fin de la journée.

À 18 h exactement le travail est fermé. Même sans faire le bilan, Angel et Victor sont très optimistes. En fait, c'était une idée géniale d'ouvrir une aventure dans le village prospère de Carabais malgré une grande compétition.

Enfin, pour la première fois de sa vie, Victor pourrait avoir une meilleure qualité de vie après des années de travail intense dans l'agriculture précaire. Tout cela grâce à la confiance de la famille Magellan. Plus précisément, chez Angel. Même si je l'aimais, il n'a pas mélangé les affaires avec les sentiments.

C'était le début d'une nouvelle ère pour tout le monde.

Fin

www.ingramcontent.com/pod-product-compliance
Lightning Source LLC
LaVergne TN
LVHW020436080526
838202LV00055B/5215